U0079809

天空不再掉眼淚

作者◎溫小平

繪圖◎蔡嘉驊

【推薦序】許建崑（東海大學中文系副教授）

尋找21個孩子的春天

人生到底有多苦悶？如果能像馬克吐溫筆下頑皮搗蛋的湯姆索亞，或者是哈克貝利芬，生活在密西西比河流域，憑藉著個人毅力，擺脫命運束縛，並且追求自我的福祉，孩子們不知道有多高興？如果能像《清秀佳人》裡的紅髮安妮，證明自己有優於男孩的能力，得到養母認同，而活出自己的尊嚴來！真可以讓孩子們手舞足蹈，群起效法。

只可惜台灣的物質文明進步，生活條件改善了，清貧而單純的日子已經距離很遠。都市的孩子們被迫逃離大自然，投入升學聯考的行列，英、數、理化要補習，連國語、才藝都得補，還不能忘記「社區服務的時數證

明」。而鄉下的孩子，家庭經濟基礎較弱，又不懂得蒐集聯考「得分」的資訊，在升學道路上，更顯挫折。島上教育諸公已經想盡辦法革新國民基礎教育，也擴大免試升學的範疇，但是要讓孩子免於「升學」威脅，恐怕還有漫長的路要走！

　　至於家庭組織解體，則是孩子第二個困惑。我們喜歡開玩笑說：「夫妻夫妻，互相欺負」，事實上沒有感情基礎的男女，怎麼可能結婚相處？然而在經濟形態劇烈變化，資本、技術集中，容易暴起、暴落，而個人如果保守傳統的商業形態，尋求溫飽的機會也相對減少。此所以小平阿姨筆下，爸爸長期居留大陸工作，或者失業在家，或者為人作保而失去財產，屢見不鮮。忙於工作掙錢的一方，早出晚歸，脾氣愈來愈大；夫妻協調卻愈來愈困難，互相埋怨，久而離婚收場。作為子女，成為夾心餅乾，不能袒護任何一方，也只能噤聲，默默忍受悲劇的發生。

　　小平阿姨這本書分作4個單元。每個單元又分5篇，分別敘述5個孩子的故事。第一個單元，標題為「好想晒一會兒太陽」。故事中的孩子面對自己性格上的缺點，想逃避升學困境、肥胖貪吃、怯懦愛哭、校園霸凌、流連網咖等問題，在無意中遇見貴人，有了吉光片羽的啟示，而走出困境。第二個單元為「想念媽媽，就打開窗」，描述爸爸、媽媽發生衝突，孩子害怕因此失去媽媽。要等一方悔過或大聲說對不起，很不容易；不如讓有理的人向無理的人「投降」，事情才有轉圜的機會。第三單元為「找回失去的笑容」，鼓勵孩子在家計困難、父母離異、同儕相嫉、學校退學、驚嚇恐懼中，走出陰影。第四個單元為「我家有個魔術師」，讓孩子設身處地，面對兄弟姊妹的嫉妒、父母白熱化的爭吵、清貧生活的策略、上台展示自我的恐懼、個人前途的抉擇等等問題，有個長思細考的樣本。

　　面對台灣社會現況，小平阿姨關切這些奇幻詭譎的變化，因此觀察並鋪寫了20個孩子的心情、困境，以及解決之道。以社工人員的角度來看，要解決這些問題，不是一朝一夕，恐怕要傷透腦筋。但以人道關懷的角度，小平阿姨不忍心故事主人翁的無依無靠，每每化身為天使般的啟示者，近身呵護，表現了許多溫暖與同情。這是她對社會的「療癒書寫」，但也可以算是自身的「療癒書寫」。如果細細閱讀她的自序，在童年追憶中，困頓、無助，以及母親無時不刻的嘮叨，也表現了另一個孩子的心情自剖。她期許自己「不再掉眼淚」，願意迎接晴朗的天空，也試著讓所有的孩子找到自己的春天。

　　我想起雪萊的詩：「冬天來了，春天還會遠嗎？」再壞的日子都已經過去，如果我們有願想，一切的努力與等待，都值得。

【自序】溫小平

讓歡笑的麵包出爐

住在山上的那段日子，是我最快樂的日子。

我第一次擁有自己的房間，同時，臥室有一扇窗，看出去就是山上的綠森林，還有蔚藍的天空。

我喜歡天空的蔚藍，只是，基隆的天氣像個壞脾氣的小孩，不是大哭小叫閃電加打雷，就是生悶氣黑壓壓一大片，壓得我喘不過氣來。

尤其是一星期有六天要搭火車上學，我最怕下雨，偏偏下雨，還刮風，真是氣人。

沒辦法，還是得穿上大雨鞋，拎著大雨傘，像個太空怪客的混在台北的都市人中。

難得一次媽媽要帶我上台北，或是，我們班上要郊

遊，我更不希望下雨，天空哭啊哭的，煩死人了。

不知道是否這樣，遇到難題就哭個不停的人，我看了好煩、頭好痛。

你說，遇到傷心事，難道不可以哭嗎？難道要把我們的淚腺塞住？

當然可以哭，就好像每天的天氣，有晴有雨有陰天，甚至還會狂風加暴雨。但是，雨過總是會天晴的，如果一直哭個不停，眼淚氾濫成災，那是會淹大水的。

因為，眼淚無法沖走問題，眼淚也無法解決困難，倒不如把哭的力氣，用來解決問題。

某天，我到超商買東西，進門就聽到一個小女孩大哭，約莫五、六歲，可以用說話表達她的意思了，可是，她卻用近乎撒賴的方式哭鬧，外帶跺腳。她的爸媽氣呼呼的罵她，可是不管用，小女孩像似嘴裡含著糖果，唏哩呼嚕聽不清楚她說什麼，搞半天才弄懂她想要買某個玩具，媽媽不准。

　　假使她哭完，用很清楚的聲音跟媽媽說，「如果我很乖，自己疊被子、自己收拾玩具、每次都把飯飯吃光光，媽媽可不可以買玩具給我？」或許她可以爭取到。

　　我們的成長階段，一定會有問題。

　　像我媽媽，實在管我很嚴，又愛罵人，還常常發脾氣，我挨打就像喝水般稀鬆平常。但是，挨打時，除非是被冤枉或是被媽媽打得很痛很痛，我很少哭。我知道，她實在是個很辛苦的媽媽，她也很愛我。我父親早逝，她再婚的婚姻也不幸福，已經夠倒楣了，所以我更不應該製造問題去煩她。

　　我也不會傻傻的照媽媽說的，「你去死啊！」我真的去死，媽媽應該很傷心。

　　於是，當媽媽瘋了般毒打我，我想辦法跑開，等她怒氣消；甚至再大一些，我會用幽默話語化解。

　　我長大以後，失戀了，流完眼淚，把情書燒掉，算是跟這段感情劃清界線。

　　朋友背叛我、亂說我八卦，或是栽贓我，我會原諒他，因為我想他大概是缺乏愛，才會這麼做，我反過來為他禱告，希望上帝改變他的心。

　　總是有方法的，讓天空的眼淚停止，讓歡笑的麵包出爐。

　　找件喜歡做的事讓自己覺得幸福、快樂。

　　我很喜歡嗅聞麵包出爐的香味，喜歡到百貨公司的香水櫃試擦茉莉花香水，喜歡到西門町買鴨舌頭，也喜歡看一部感動流淚的愛情電影。傷心的時候，我就是這麼愛自己。

　　心中有愛，就有希望。有了希望，即使陰天，對你我，也是朗朗晴空。

　　許多關於愛與希望的故事，每天都在上演。

　　《天空不再掉眼淚》這些關於自己關於家庭關於友情的故事之中，或許有你的情節，也有我們的歡笑。

　　眼淚流過，你的臉龐間，陽光如此燦爛。

【目錄】

1 好想晒一會兒太陽

2 想念媽媽，就打開窗

3 找回失去的笑容

4 我家有個魔術師

1

好想晒一會兒太陽

好想晒一會兒太陽

　　放學的鐘聲響起，同學的騷動立刻充滿著校園，宗霖的心情卻跟很多同學相似，沒有放學的興奮，只有不能立即回家的無奈，因為他們不是要到安親班報到，就是到補習班繼續讀書、考試。

　　只要宗霖小小抗議補習讓他喘不過氣來，媽媽就說，「連這一點苦都不能吃，將來做什麼大事。」

　　「可是，我寧願掃地、洗馬桶，也不願意補習，真的很無聊，不然，媽媽你代替我去補習班一天看看。」

　　「你要懂得惜福啊！等你考上高中，媽媽就不

逼你。」

　　宗霖知道，這只是媽媽的拖延戰術，他的哥哥姊姊不都是被補習折磨得不成人形，非但偷偷填寫離家很遠的大學當志願，放榜後，立刻搬家找房子，恨不得離媽媽愈遠愈好，星期假日也很少回家，媽媽難道不懂嗎？

　　上了安親班的車子，靠著窗邊坐下，窗外的陽光穿過樹葉，閃閃爍爍，雖然只是遲暮的溫度，他還是盡力貼近陽光，閉目養神。

　　到了安親班，有些人除了睡覺，就是玩手機裡的遊戲，要不然就是看漫畫書，宗霖問過他們，「你們不怕老師跟你們的爸媽說嗎？」

　　每個人的回答似乎大同小異……

　　「有什麼好怕的，大不了我就不來，看我媽能夠怎麼辦？」

「是啊！我爸在大陸做生意，我媽蠟燭兩頭燒，只要我不鬧事闖禍，她就感激不盡了，她才懶得管我呢！」

「我也是，我爸說現在的課本這麼難，他也不會教，只要花錢可以解決的事，他都願意拿出錢來。」

宗霖卻不能這麼想，因為他的媽媽是單親媽媽，賺錢很辛苦，他不能辜負媽媽，只好勉強自己，度過一個個沒有太陽的日子。

這樣的黑暗歲月應該很快結束吧！只要忍過國中、熬過高中，他也可以學哥哥姊姊展翅高飛，靠打工為自己賺學費。

當他星期六早晨經過公園時，突然閃過一個念頭，他可以沒有休閒，但是，媽媽卻不能剝奪他晒太陽的權利。

於是，他挑選了一個公園的角落，躺在涼椅上，用書包當枕頭，輕輕閉上眼睛。

他聽到鳥叫，心中雀躍著，他感受到溫暖的風，毛孔舒張著，然後他聽到周遭人們聊天的聲音。

退休的伯伯說，「唉！年輕的時候忙著賺錢，連經過公園都覺得罪過，現在終於可以

輕鬆的晒太陽，可是，我已經沒體力遊山玩水，欣賞大自然的美麗了。」

買菜經過稍事歇息的媽媽說，「我每個周末都要回婆家，好不容易等到婆婆去美國幫小姑做月子，我可以乘機晒晒棉被了。」

　　光著頭、戴著口罩的小朋友對他爸爸說，「爸爸，我生病以前都不覺得陽光很寶貴，關在醫院那麼久，第一天出來走一走，我覺得陽光好香喔！」

　　宗霖在心裡點著頭，覺得他們說得很對，太陽天天在那裡，大家習以為常，不覺得稀奇，唯有失去的時候，才體會到太陽的珍貴。

　　他深深吸一口氣，瞇著眼睛望向藍天，也許媽媽知道他蹺課後會很生氣，但是他可以告訴媽媽，因為他晒了一會兒太陽，他可以在作文時，描寫出接觸陽光的生動感覺，這是天天關在補習班裡所體會不到的。

　　他一躍而起，原本沉重的心情，似乎變得輕快起來，邁向補習班的腳步也輕盈許多。他稍微明白了，有時候，上補習班不只是幫自己補習功課，也是幫爸媽彌補他們對孩子的虧欠。

今天天晴

走出屋子，跟太陽說聲早安吧！

有些人在爸媽的要求下過日子，自己要如何安排生活，沒有決定權。於是，每天都過得很辛苦。我曾經問天天到補習班報到的學生，為什麼要補習？他說，爸媽要我補習。我問他的爸媽為什麼要孩子補習，爸媽說是孩子自己想補習。

到底是誰剝奪了你的生活方式？似乎沒有答案。如果可能，請你自己找出讀書方法，拒絕補習；如果你暫時無法掙脫補習的牢籠，至少要在既定的苦悶生活中，找到呼吸新鮮空氣的機會，嘗試一下太陽的溫度、體會清風拂面的溫柔。

你可以做到，星期天不補習，到戶外跑跑跳跳，跟大自然約會吧！

她今天遇見春天

　　瑞琪把剩下的酸辣湯倒進大碗裡，端起碗，遲疑了一下，還是靠近嘴脣，唏哩呼嚕就喝光了。站起身來，覺得肚子好脹，眼皮好重，又想睡覺了。

　　她瞄了一眼正在櫃檯忙著算帳的小媽，如果她躲回房間，又會被罵到臭頭。其實，從放學到最後一個客人離開，她已經在餃子店待了2小時43分鐘，數不清收了幾個碗、幾個碟子，擦了幾張桌子，反正她只要說她很累，小媽就會圓眼一瞪，說：

　　「你才做了多少事就喊累，那我呢？我就活該倒楣要累死，這個家要不是我啊！你早就該去當檳

檳榔西施了。」

「檳榔西施有這麼胖的嗎？」瑞琪嘟噥著。

「你什麼意思？你胖還要怪到我頭上？自己那麼懶，又愛吃，每天都窩在電視機前面，你沒有胖死已經算老天對你夠仁慈了。」

小媽那張嘴巴比電視購物頻道的推銷員還可怕，一開始就沒完沒了，非要你投降認輸，她才會停止不說話。

爸爸還在收拾櫥櫃、爐台，一慣的低著頭做事，不介入她們的戰爭，即使小媽把瑞琪罵到一文不值，也好像跟他沒有關係。

實在撐不住了，開始打哈欠，淚水流不停，瑞琪不理會小媽的謾罵，自顧自回房、洗澡。

打開書包，翻開課本，每個字都像催眠的符號，讓她的睡意更深，明天還要考英文，她連單字

都沒背，怎麼辦？

　　嘆了一口氣，再怎麼念還不是一樣的結果，她是永遠的最後的一名，只有體重，是全班女生，不，全校女生中，永遠的第一名。

　　突然想起今天在校車上遇見的男生。當時她的書包被乘客撞掉在地上，她正想彎下腰，卻被自己肚子上的一坨肉擋住，還是那個男生幫她拾起來，又拍了拍書包上的灰塵，遞給她。

　　她跟他說謝謝，他笑了笑說：「沒關係」。哇！瑞琪快要昏倒了，從來沒有男生對她這麼友善，她一直望著他，愣了好幾秒，好像他是夢中的白馬王子。旁邊她班上的男同學卻譏笑她，「不要再看了，看到眼珠掉出來，他也不可能愛上你這個大水怪。」

　　瑞琪的眼淚湧出眼眶，低下頭看著自己又寬又

厚的腳板，塞在特大號的球鞋裡，像她這樣又胖又醜，成績又爛的女生，真的就沒有人喜歡了嗎？她的人生注定一片灰暗嗎？

她沒有信心、沒有笑容、沒有朋友，更沒有人愛。自從媽媽生病過世，爸爸娶了小媽之後，連爸爸對她的一點疼愛，也被小媽搶走了。

媽媽在就好了，媽媽都會利用沒有客人上門時，跟她讀一段故事，看她畫的圖畫，猜她說的謎語，然後，媽媽就會笑得好開心，爸爸常說，媽媽笑起來，很像春天的太陽。

而她的生命中，現在已經沒有了太陽，她活在這個世界上，還有什麼意思呢？

她是不是要尋找一個讓自己死掉，卻沒有痛苦的方法？

第二天走在上學路上，瑞琪還在這麼問自己。

卻不小心撞到正要過紅綠燈的一個行人，她連忙跟他道歉。

　　他揮揮手，毫無生氣的意思，說，「沒有關係，我常常被人撞到，已經習慣了。」奇怪的是，他卻沒有對著她的臉說話。

　　瑞琪仔細瞧了瞧，才發現他是一位失明的朋友，手上拿著一支杖子，忍不住問他，「你要過馬路嗎？我扶你過去。」

「好的，謝謝你，你的心地真好。」他很有禮貌的說，臉上帶著笑容。

等紅燈變綠燈的時候，瑞琪問他，「像你這樣被別人撞到，你為什麼不會生氣？」

「我如果為那種人生氣，我一天都不會快樂。我的生命已經很悲慘了，我不要自己的生活也一起沉淪。所以，我都會努力去看光明的一面。你看，我不是就遇到你這位好心的女孩。」

「我沒有辦法，因為我的生命根本沒有光明的一面，我甚至想死掉算了。」瑞琪想到自己的遭遇，語氣哽咽。

「雖然我看不到你，可是，從你攙扶我的手感覺得到，你很溫柔，你的生命裡有一股力量……。我跟你說，你一點也不差，只是你的運氣不好，碰到的人，都是譏笑你的人。我以前也是這樣，但是

現在不同了，我努力只看自己擁有的部分……」

綠燈亮了，瑞琪扶著他過馬路，臨分手，他又加了一句，「你深呼吸一下看看，是不是嗅到春天的味道？你就是我今天的春天，謝謝你。」

看看手表，瑞琪注定要遲到了，但是，她的步履卻輕盈起來，她死以前，至少要再努力一下，看看自己的世界是不是真的會不同。

晚上回到餃子店，她謝謝爸爸包了好吃的水餃，跟客人說她的爸爸好棒，爸爸尷尬的笑笑。她也謝謝小媽，如果不是她犧牲奉獻，他們家不可能上軌道。小媽問她是不是流行性感冒發燒了？

她笑而不答，把祕密藏在心裡。雖然她的體重還是很重，她的臉蛋還是不像明星，她今天的英文還是不及格，但是，她讀書的心情卻不一樣了。

她好希望每天出門都可以遇見春天，而她，也能成為別人的春天。

今天天晴

沒有人可以擊垮你的自信

　　我們身邊總是會有一群人，喜歡說刻薄的話，嘲笑我們、貶低我們，讓我們原本就脆得像雪糕的自尊心，變得更加脆弱，不堪一擊，到最後，我們的人生變得一片黯淡。

　　甚至你問自己，你這種人幹麼要降生世界？你的生命為什麼被創造？找到答案之前，希望你不斷告訴自己，沒有人可以擊敗你，你絕對不會因為別人羞辱你，你就成為那樣差勁的人。

　　即使在冬天的死氣沉沉裡，你也能感覺到春天的朝氣蓬勃，因為你很棒，你是上帝創造出的獨一無二的人，你帥不帥、美不美，是蝙蝠俠還是小丑，不是別人說了算數。

愛哭的男生不丟臉

　　漢生覺得他是一個倒楣的小孩，常常生病，而且每次都在緊要關頭生病，例如考試前、班級郊遊前、爺爺要帶他去坐摩天輪前⋯⋯不但改變了他的計畫，還要到醫院報到。

　　舉凡拉肚子、感冒發燒、眼睛發炎⋯⋯不管是什麼問題，為了立刻得到醫治，醫生經常是用打針的治療方式。

　　他討厭打針，細細刺刺的針頭，就像吸血鬼的利牙，一口咬下去，他的血就會被吸乾，他也會變成吸血鬼，以後白天不能出來，只能在夜晚活動。

　　他愈想愈害怕，忍不住大哭大叫，「好痛啊！

救命啊！我不要變吸血鬼啊！」

護士阿姨被他的哭聲吵得心煩意亂，就跟他說，「弟弟，打針沒什麼好怕的，就跟蚊子咬一下一樣。」

「我也不要被蚊子咬，那會得登革熱。」他哭得更大聲，他看到報紙刊登，有一個人得了登革熱，後來死掉了。他不要死掉，死掉就不能打電動。媽媽曾經說過，人死了就會上天堂，他就問媽媽，天堂是什麼樣？「有沒有電動玩具？」

媽媽搖頭說，「沒有電動玩具，因為天堂無憂無慮，很快樂啊！既然很快樂，就不需要電動玩具。」

可是，對漢生來說，電動玩具比上天堂更有趣，如果天堂沒有電動玩具，他就要考慮一下，要不要去天堂。

爸爸看到他為了打針而淚流滿面，覺得很尷尬，站起來離得遠遠的，「真丟臉，你是我劉敏捷的兒子嗎？這麼愛哭。」

媽媽雖然沒有罵他，也只會說，「你不要哭，打針病才會好，細菌才會被殺死掉。」

這時候，診所門口有一個摔傷腿的女孩，坐在椅子上，等醫生幫她處理傷口，護士阿姨卻跟她說，「很痛是不是？你如果想哭就哭，沒有關係，哭一哭，就比較不會痛了。」

漢生聽了很生氣，剛剛護士阿姨明明對他說，「男生要勇敢，男生不怕打針。」為什麼她偏心女生？女生跌傷了，就可以哭，他卻要勇敢？他抱怨著：「男生哭為什麼就很丟臉？」

媽媽拍了拍他的頭，「你應該聽過那句話，男兒有淚不輕彈，男生是要做大事的。」

「什麼是大事？」

「嗯！例如發明火箭、打棒球為國爭光、當一個勤政愛民的總統、得諾貝爾獎、研發新的藥品治病……很多很多，只要是可以幫助別人的都是大事。」

爸爸接著說，「是啊！男生要做頂天立地的事，怎麼可以為一件芝麻綠豆的事掉眼淚？」

「可是，我上次看奧運，每一次比賽輸了，那些叔叔都哭得好傷心，有的跪著哭，有的趴在地上哭，還有的躺在地上望著天哭，更有的抱著他的隊員哭⋯⋯報紙上還說，他們的感情很豐富，他們很有榮譽感。」

「那是因為代表國家參加比賽是很難得的，輸了當然難過！」媽媽補充說明。

漢生愈聽愈迷糊，到底男生可不可以哭？什麼時候可以哭？可以大哭還是小哭？

當他上自然與生活科技課，老師講完了颱風來臨為什麼有時候下大雨，有時候只有風沒有雨，接著問大家有沒有問題時，右邊的同學嘲笑漢生，「老師，劉漢生那麼愛哭，就像下大雨的颱風，對不對？」

班上同學笑成一團，漢生真想趁這個機會問老

師，「男生掉眼淚就很丟臉嗎？」

　　可是，他不敢問，只能低下頭來。老師似乎看出了他的心事，於是說，「雖然下雨跟一個人哭泣沒有關聯，可是，老師曾經在一個下雨的晚上，哭了一整夜，因為老師的女朋友變心了。所以，哭泣並不丟臉，只是一種情緒的抒發，你們猜猜看，老師後來哭了多久，才不再傷心？」

　　大家七嘴八舌猜測著，卻沒有人猜對，漢生舉起手小聲說，「老師，你是不是到現在想起來還會哭？」

　　老師點點頭，「漢生猜對了，所以掉眼淚不是女生的專利，男生哭一點都不丟臉。」

　　老師的話，讓漢生心頭的鬱結打開來了，他終於可以想哭就哭，盡情的哭了。

今天天晴

擦乾眼淚，想想看，怎麼走下去？

你有沒有淚腺？只有女生有淚腺嗎？當然不是。既然男生女生都有淚腺，就表示男生女生都可以哭泣。

你為什麼哭？考試考差了、被同學欺負、爸媽冤枉你、好朋友變心了、喜歡的球隊輸球了……不管是什麼原因，哭泣是一種情緒的宣

洩，當你哭完以後，你會覺得很舒暢，好像把鬱卒驅逐出境了。

　　如果只是單純情緒的發洩，那沒關係，擦乾眼淚就好，卻不要把眼淚照三餐流，遇見困難就只是哭，卻不想辦法解決問題。只要你找到解決問題的方法，你哭泣的次數就會減少了。

你生來不是被欺負的

「我喜歡上學……我不喜歡上學……我喜歡上學……我不喜歡上學……」主翔兩腳輪流踩著一格格地磚，一邊念著，心裡問著自己，明天還要不要去學校？

他很喜歡聽到不同科目的老師教導他們不同的知識，他也喜歡跟隔壁的小浩分享他看過的故事書，可是，他就是不喜歡每天在教室走廊不期而遇的「香腸老大」。

香腸老大人如其名，長得肥肥壯壯的，好像稍微用火煎一下，就會冒出油來，茲茲作響。如果誰冒犯到他，他就立刻變成超級大沙袋，撞得你七葷

八素，眼冒金星。

　　尤其是主翔，是他欺負的頭號目標，不管他的心情好壞，他都會找主翔開刀。例如昨天，主翔刻意躲著香腸老大，等到快上課才去廁所，沒想到香腸老大剛好拉肚子，正在生氣自己跑了好幾趟廁所，屁股都痛了，他一把揪住主翔，厲聲喝問，「你說，是不是你在咒詛我，害我一直拉肚子？」

　　「我沒有……」話才說一半，主翔的肚子已經挨了一拳，他抱著肚子，哀哀叫痛。

　　香腸老大揮著拳頭警告他，「你再嗯嗯啊啊的發出怪聲，是想引起老師注意嗎？你去告訴老師啊！我不怕！」說著又是一拳落在他的屁股上。

　　「為什麼要欺負我嗎？」主翔只敢小聲說。

　　「因為啊！你天生就是一副欠扁樣。」香腸老大誇張的笑著，漸行漸遠，主翔卻抱著肚子，蹲在

地上，小聲啜泣著。為什麼個子瘦小的他，就注定要被欺負，要成為眾人的受氣包？

他一直認為，老師除了教導他們知識，也應該是校園的保護者，所以當他被欺負時，曾經向導師求助，他在辦公室結結巴巴說了半天，導師才明白他的意思，「你是說有人欺負你，你希望老師幫助你。」

主翔點點頭。

「唉！」導師嘆了一口氣，「誰要你一副乖乖牌的樣子，他們自然覺得你好欺負，你要自己想辦法自救，老師不可能保護你一輩子。」

老師就這樣拋棄了他，他好像在水中載浮載沉，原以為抓到了一根浮木，沒想到浮木卻變成一隻鱷魚，狠狠的咬了他一口。

例如今天，主翔吃完媽媽準備的飯盒，拿著飯

盒到洗手台清洗，竟然又遇上香腸老大，他手裡捧著七、八個油膩膩的飯盒，往水槽裡一丟，「喂！小翔──」他故意把「翔」字拉得很長，「你很喜歡洗便當對不對？把我們的也一起洗一洗吧！要洗得很乾淨，我要檢查的，知道嗎？」

他旁邊的同學也跟著哈哈大笑，「媽媽賣便當，兒子洗便當，真是絕配。」

主翔聽到他們嘲笑媽媽，很想把便當盒丟在他們臉上，看著他們落荒而逃，可是，他不敢，他連自己動了這樣的念頭，都怕被香腸老大窺知，那他又要挨揍了。

他邊流淚邊洗便當，一夥人就在他身邊拿他的全身上下開玩笑，笑他的腦袋像長歪的西瓜，說他的頭髮是秋天的芒草，笑他戴了眼鏡像個色情狂，還說他的一雙細腿像打狗棒。

　　一路念著、一路哭著，主翔回到家，決定跟媽媽說，他不要去學校了，他不要再成為眾人霸凌的對象了。

　　可是，沒想到，媽媽聽了他的哭訴，只淡淡的說，「哭有什麼用，你要想辦法打回來，看誰敢欺負你。就像媽媽，爸爸離開我們，我如果天天哭，你會有飯吃有衣服穿嗎？」

　　主翔哭得更傷心，如果他有爸爸就好了，爸爸就會保護他，就會替他主持公道，甚至幫他打回去，打得香腸老大好像掉進油鍋茲茲響。但是，他哭死了，爸爸也不會回來了。

　　打回去？打回去？整個晚上他的腦子裡都轉著電視上血腥的畫面，西藏人的抗爭、立法院的爭吵、附近公園的喋血案……好恐怖喔！他真的要以暴制暴嗎？

　　作業寫了一半，媽媽要主翔去麵包店買打折的麵包，他只好擱下筆，走出家門。

　　抱著麵包，剛走離麵包店，就看到一個比他小的男孩拿著棍子逗弄一隻流浪狗，一會兒敲牠的頭，一會兒打牠的屁股，旁邊另一個女生拿著數位相機拍照，邊起鬨說，「你打用力一點，我們拍好放到網路上給大家看。」

　　流浪狗長得十分瘦弱，大概長期沒有吃飽，身上的毛也掉了好幾撮，平常就沒有人愛牠了，現在還要被欺負，當牠的皮膚被戳破，流出血來，主翔覺得好像看到了自己，他再也忍不住，衝過去制止他們，「你們不可以打牠。」

　　「要你管，要你管，你走開，不然我就打你。」男孩子雖然比主翔矮，卻凶悍得很，繼續打流浪狗，甚至還打到了主翔的腿。

就在這時候，一直低著頭嗚嗚唉叫的流浪狗，

突然抬起頭，大聲吼著，「汪汪汪！」小男孩小女

孩似乎被嚇到了，愣了一

下，即刻跑得無影

無蹤。

　　主翔

望著流浪

狗舔拭

著傷

口，

他的

眼淚流了下來，即使

他想保護流浪狗都保護不了，最後，流浪狗還是靠

自己才阻止別人的進一步傷害。導師說得沒有錯，

他要自己想辦法自救，他不要為了香腸老大，放棄

他喜歡的學校。

當香腸老大跟另一個同學在走廊圍堵主翔，要他交出媽媽準備的飯盒，他想起了對抗巨人歌利亞的大衛，大衛沒有盔甲，沒有精密的武器，他靠著就是他的勇氣，把歌利亞打倒了。於是，他勇敢的搖頭拒絕了。

香腸老大覺得很沒有面子，伸手過來要搶，主翔開始尖叫，不停的叫，「不可以搶我的便當，那是我媽媽的愛心便當。」

同學圍了過來，老師也走了過來，香腸老大摸摸鼻子，竟然掉頭走了。主翔拾起地上的便當袋，在圍觀同學眼裡看到了欽佩，小浩過來拍拍他，「你好厲害。」

他下意識用手背擦了擦臉，意外的，他發現自己的臉上沒有淚水，只有一抹淡淡的笑容。

今天天晴

當你勇敢抬起頭，沒有人向你伸出拳頭

　　霸凌不只是出現在校園，社會的每個角落都有這麼一股惡勢力，躲在暗處，尋找可以下毒手的目標。欺負弱小到底是一種「天性」，還是逐漸形成的？為什麼有些看來弱不禁風的「弱勢族群」，不曾遭到欺負？反而可以活得健康快樂。

　　或許，你的個子嬌小，你卻可以在眼神中透

出堅毅；或許，你的學科成績殿後，你卻可以在體育或美術等其他項目中顯出你的優秀；或許，你覺得自己是天生的受氣包，生來給人出氣用的，你也可以改變這個「形象」，讓別人知道，你應該被尊重，那就是你要先學會尊重自己、疼惜自己。否則即使離開校園，你還是會不斷被欺負。

網咖裡的可愛妹妹

　　紹希翻遍了桌上的所有課本，可是，就是提不起勁念書。望了一眼旁邊的電腦，桌面上衝浪的小子，濺起的浪花，好像濺到了他身上，一陣涼意觸動了他的思慮，為什麼只有他把生命浪費在屋子裡。

　　於是，他連上MSN，問問看有沒有人想跟他出去遛達？就是在住家附近走走也好。

　　有的要念書，說是要考試。

　　什麼爛藉口，活在台灣的教育制度下，哪一天不考試的，紹希忿忿的提出問題。

　　同學勸他，做台灣人就要懂得認命，有一條命

活著，比那些莫名其妙、毫無預警就被土石流掩埋掉的人幸福千倍萬倍吧！

有的說，這麼晚了，還不如在家吹冷氣上網，累了倒頭就可以睡。

紹希真不懂，這些朋友什麼時候變得這麼「宅」？原來是他們的家裡有人，帶給他們溫暖的感覺，不像他家，三更半夜還不知道大人在哪裡？

當然，這樣說媽媽很不公平，她為了維持這個家，這麼晚還在外面忙碌工作，有家卻不能回。而爸爸，拿了媽媽的血汗錢，不知道又到哪個地方喝得爛醉，然後紹希又接到電話必須領回醉倒路邊的爸爸，更倒楣的是還要幫爸爸擦洗他難聞的嘔吐物。

乾脆自己去逛吧！總比在家裡接派出所的電話、聽媽媽的哭訴或是被腐敗暗沉的氣氛充斥每一

個毛孔活活窒息死要好得多。

　　隨便套了一件準備換洗的短T、穿上藍白拖，晃啊晃的，巷子裡還在亮燈的人家不多，畢竟不是假日。走出巷子，臭豆腐攤仍然散發著又臭又詭異的油炸味，拐到大街上，風吹過一個空的咖啡鋁箔包，喝光咖啡又能振奮多少精神，如果找不到人生目標，灌飽一肚子咖啡，還是昏昏欲睡吧！

　　走過一家店，有人進出著，滿頭亂髮的媽媽拉著她的兒子走出來，邊罵著，「你知不知道爸爸賺錢多辛苦，他每天開十幾小時的計程車，賺的錢都被你在網咖花光了，你要做一個敗家子嗎？」

　　有這麼嚴重嗎？一小時40元的花費可能敗家嗎？爸媽說話都習慣這麼誇張嗎？

　　紹希歪著頭看了看這一家位處街角的網咖，裡面許多人盯著電腦螢幕聚精會神玩著。他付錢走

了進去，四處打量，不曉得有沒有人玩膩了遊戲，想跟他到附近走一走？認不認識都沒有關係。反正網路上每天來回相遇交談的，誰又跟誰認識了。況且，即使是班上的同學，常常交頭接耳，號稱是死黨，又真正認識嗎？

　　現在的人習慣把自己包裹得好像日本點心，一層又一層，點心裡面到底是什麼滋味，似乎也沒人關心。

　　可是，依然沒人理他，即使他故意坐在他們身邊，望著他們側面的臉，他們除了斜眼瞄他之外，幾乎連身體都沒有移動一下，沉迷在線上遊戲或是聊天室之中。

　　他只好自己乾澀的、尷尬的笑笑。

　　放眼望去，只有櫃檯妹妹是唯一的生物。

　　紹希聽到那些繼續買鐘點或是買飲料的人叫她

小琦，長得很可愛，甜甜的笑容讓人很想親近，難怪這家網咖生意這麼好。凝視著小琦的笑，紹希不由想起一個人──媽媽以前的樣子。

那時候的媽媽笑口常開，爸爸下班回家，她會給爸爸一個大擁抱，紹希回家則是臉頰上左右各一個親吻。曾幾何時，爸爸交了壞朋友，辭掉工作做生意，卻賠光了錢，然後只好打零工，天天做著發財夢，「只要我彩券中獎，你們就不愁吃喝……」，可是他有時候連買彩券的錢都要跟紹希借。

無論紹希問什麼問題，小琦都耐心回答，附帶一個笑容，讓他覺得好舒服。橫豎他只是想找人說話，既然有小琦這麼友善的聽眾，他也不打算去街上飄蕩，在小琦身邊飄蕩就好。

第二天到學校，紹希先是怪他的同學沒有同情心，前一晚不肯陪他。接著他說起自己的奇遇，

「我還是要謝謝你們，要不然，我也不會遇見小琦。我可以把這一段故事寫成網路小說，搞不好比藤井樹還要紅。」

同學卻嘲笑他太過天真、太好騙，「小琦對你這麼友善，只是希望你再度光臨，完全是為了他們家的生意，你以為人家喜歡你？笑死人了。」

紹希卻管不了這許多，只要有人對他笑，只要有人跟他說話就好。於是，每個晚上寫完功課，或是不想讀書，或是一個人無聊，他都會到網咖報到，小琦跟他說話的次數遠遠超過其他人。

莫非小琦也喜歡他？過了十幾天，他終於鼓起勇氣跟小琦要MSN，「如果你給我手機我就更感動。」

可是，沒想到小琦笑而不答，大概是害羞或是她不想進展太快吧！沒關係，只要小琦存在一天，

他就有希望。他耐心等著，希望她被他的痴心感動。

段考前一天，每個人幾乎都在家裡K書，只有紹希，彷彿中了蠱，只想見到小琦，明明還沒有念完書，忍不住還是關上門，衝到網咖去。卻見到提早下班的小琦，揹著包包走出網咖。

紹希連忙跑到她面前，結結巴巴說，「你⋯⋯你要回家了？我送你。」

「你明天不是要段考嗎？」小琦皺了皺眉，答非所問。

紹希卻心中竊喜，原來小琦也很關心他，「為了保護你回家的安全，讀書不重要，我只希望你知道我喜歡你。」

小琦的笑容似乎留在了網咖，她依舊皺著眉說，「我不喜歡到網咖的人。」

　　紹希反應很快，立刻問，「那你為什麼在網咖工作？」

　　萬萬沒想到，小琦眼眶瞬間飽漲著淚水，緩緩說，「你要答應我，不再來網咖，我就告訴你。」

　　紹希被這一股神祕氣氛吸引住了，反正他也不喜歡網咖，即刻點

了頭。從小琦口裡說出來的，竟是一個無比感傷的故事。

　　「我的弟弟像你一樣迷上網咖，不管我媽媽怎麼勸他，他就是不聽。有一天晚上，他在網咖跟

人起了爭執，被人意外殺死，媽媽哭得心碎，過沒幾個月，也離開了我。我不希望別人也像我弟弟一樣，所以，就到網咖上班，勸大家離開這個充滿是非沒有生氣的地方。」

　　當然事情不是這麼順利，每當老闆發現小琦勸退客人，立刻辭退她，卻無法讓小琦退縮，她很快的又換一家……

　　小琦難過的說，「不管我如何努力，大家還是前仆後繼的繼續湧入網咖。難道，你也要隨波逐流嗎？直到你被淹滅。」

　　小琦最後留下這一句話，帶著哀傷面容轉身離去。

　　望著小琦孤單的身影愈來愈遠，紹希記起還攤在書桌上的課本、隔天的段考，於是，朝回家的路走。也許，今晚他會在字裡行間遇見小琦。

今天天晴

拒絕網路世界伸出的魔爪

　　網路的確具有一種說不出的魅力，吸引我們靠向他，如果沒有其他值得我們關注的對象，就可能深陷其中。可是，你是否想過，你為什麼喜歡網路遊戲、聊天室、甚至網路交友，就是不願意活在現實生活中？是因為你缺乏愛，沒有人在乎你的存在，還是，網路帶給你的快樂是其他事物無法給你的？

　　然而，網路遊戲中的勝利是真的勝利嗎？網路中的愛情是真的愛情嗎？網路中的刺激興奮又能持續長久嗎？

　　想想看，網友網交的擁抱可以給你溫暖與愛嗎？再想想，請再想想，你要一輩子活在虛擬的網路世界中嗎？心甘情願成為網路的奴隸嗎？

2

想念媽媽，就打開窗

媽媽，真的會不見嗎？

小光的家裡有四個人，可是，卻很少聚在一起，即使偶爾在屋裡碰見了，卻各自坐在不同位置，做自己的事情，好像他們身處四個不同的世界。

爸爸從事手機零組件的事業，生意很忙，經常兩岸飛來飛去。當手機的競爭愈來愈大，訂單愈來愈少，爸爸回家的次數更少，眉頭皺起來的時間也更多。

媽媽的活動也很多，參加許多婦女團體，擔任志工，還得過優良志工的獎項，她每天都打扮得漂漂亮亮，然後香噴噴的吻了小光臉頰出門。

　　他們一個開著賓士，一個開著VOLVO，很氣派的車子，卻駛往不同的方向。

　　弟弟小亮呢？自有方法打發時間，放學回家就坐在電視機前面，吃微波食品、吃泡麵、吃披薩……沉浸在電動遊戲的世界，他的腦裡嘴裡都是魔王、聖戰士、寶物、精靈……有時候玩到天亮，睡倒在電視機旁，還是小光叫他起來上學，他竟然也能每學期成績低空掠過。

　　大概他們家的遺傳因子很優秀吧！不只是弟弟這樣，小光的成績單也很少紅字。可是，他根本懶得念書，上課時，望著窗外發呆，下課時把自己玩到喘死，然後去補習班報到，看一場午夜場電影……實在沒地方去，他才回家，如果那也叫作「家」的話。

　　愛，對他們來說很遙遠，甚至小光都不知道什

　　麼是「愛」。但是他有錢，他可以去任何名牌店買
衣服、鞋子，爸爸都會付帳單。他要多少零用錢，
媽媽就幫他辦了現金卡。同學都羨慕他，他更羨慕
那些回家有人等門的同學。

　　時間久了，他也玩膩了，總不能每天晚上唱
歌、逛街、打撞球、看午夜場吧！聊天也會枯竭了
話題，身邊的朋友只想分享他的鈔票，卻不想分擔
他的寂寞孤單。

　　他只好坐在自己房間，看爛了一疊疊漫畫，也
看盡了所有電視節目……。有一次他在班上表演他
會唱的每一部卡通、每一齣電視劇的主題歌，還有
所有電視廣告的內容，把大家嚇得張大嘴巴，老師
也說他是天才。

　　他卻覺得自己是一截沒有生命的木材，有點像
行屍走肉。

　　國三那年，同學紛紛準備模擬考……預估著自己會考上哪所高中，只有他，還是晃來晃去，對他來說，生命就像四季，不必特別關照、計畫，就可以日復一日。

　　一天晚上，因為寒流過境，他覺得很冷，至少家裡的鴨絨被還算溫暖。走進大門，意外的客廳燈亮著，弟弟卻不在電視機前面，在自己房間。他隱約聽到媽媽的哭聲，爸爸嘆氣的聲音。

　　是爸爸外遇嗎？還是，爸爸的生意垮了？他問小亮。小亮一臉茫然，好像聽不懂他在說什麼。

　　他正要閃回自己房間，卻不經意望見爸爸眼角的淚光，他平常那樣意氣風發，李董李董的被大家簇擁著，他怎麼也會有軟弱的時刻？

　　小光跟去洗手間，爸爸難以自持的在擤鼻涕，眼睛也是紅的。爸爸告訴他說：

「媽媽得了癌症，很嚴重。」

「媽媽……」，小光小心問，身上一陣抽冷，「媽媽……會死嗎？」

爸爸搖著頭，「不知道，醫生說要立刻開刀，很不樂觀。我們要給媽媽力量啊！」

我們？小光還以為自己聽錯了。在他們家，一向只有我……我……我，什麼時候爸爸跟媽媽還有他變成了複數？

媽媽生病了，癌症到底有多可怕，堅強如爸爸也被擊倒？上網查了一下，提到的都是存活率多少，死亡率多高，他一陣陣發冷，從腳底冷到心頭，寒流好像鑽進了他的棉被，頭一回，他嘗到了

失眠的滋味。

　　什麼時候睡著的，也不記得了。起床時，爸爸已經出門，媽媽反常的還在睡覺。他悄悄走進媽媽房間，站在床邊，看著媽媽的棉被起伏著，擔心媽媽會不會突然停止了呼吸？

　　媽媽看起來好疲倦，也有一些蕭瑟，可是，沒有脂粉的媽媽更像媽媽，需要人保護的樣子。他很想去抱一下媽媽，卻只是流下了眼淚。突

然發現，如果媽媽真的死掉了，他就永遠看不到媽媽了。

因為擔心媽媽會趁他不注意就溜走了，所以，小光每天放學都乖乖待在家裡，補習班也不去了，反正老師教得那麼難，他也聽不懂，他還不如自己讀，一邊注意媽媽的一舉一動。

媽媽住院的時候，爸爸沒有空，他就自告奮勇去陪媽媽，倒水給媽媽喝，幫媽媽捏一捏躺得太久的腳，坐在旁邊的小桌子寫功課，很努力的讀書，他要考一間好學校，讓媽媽開心起來，就像爸爸說的，說不定媽媽心情好了，病也好了。因為「喜樂的心，乃是良藥，憂傷的靈，使骨枯乾。」

爸爸還是很忙，可是，他一定會抽空來看媽媽，說笑話給媽媽聽。小亮還是經常打電動，但是，他會把自己玩的遊戲介紹給媽媽聽，還邀請媽媽身體好了跟他一起玩。

媽媽出院那天，天空難得放晴，好藍好藍，小光走進家裡，所有的家具都在原來的位置，但是，他們一家四個人的位置卻變了，他們彼此間的距離縮短了。

媽媽後來活了下來，還是那麼光鮮亮麗；小光也活了過來，而且念書念得很棒，一直念到了研究所。

今天天晴

不要等失去時才想珍惜

　　你家裡，彼此的關係如何？像旅館，各自待在自己的房間裡？像冰庫，透著一股股寒氣？還是像飛機，騰雲駕霧間無法落腳？你希望一直維持這樣的關係嗎？

　　聽過這樣的故事吧！家裡的某個人得了重病，或是被綁票，危機產生了，他們突然凝聚在一起，同仇敵愾，共同面對危難，當危機過去，他們也找回失去的愛。

你不需要這樣實際經歷如此感傷的場景吧！你只要用想像的，如果有一天，爸爸被海浪捲走、或是媽媽罹患重病，還有那個你討厭的妹妹突然離家出走，你會怎麼辦？

與其到時候流盡眼淚想要挽回他們，何不在他們還在你身邊時，好好的愛他們。失去時才要珍惜，才想說「我愛你」，已經來不及了，不要讓這樣的遺憾發生吧！

聽不見爸爸的聲音

　　現在大多數家庭的小孩人數都很少，回到家裡，不是爸媽不在，就是爸媽很晚才回家，感覺很寂寞，於是，每逢周末假期，彼此間很流行邀請同學來玩，或是到同學家住。

　　好不容易輪到婷婷發出邀請，她不但花了時間整理屋子，還特別用小盆栽、小掛飾布置了一番，到大賣場買了各種點心，只希望同學玩得很開心，喜歡她的家。

　　可是，沒想到當她第二天上學，卻聽到同學間傳說著，「婷婷家好像超級大冰箱！」

　　那是指她招待得很豐盛了？大家都有賓至如歸

的感覺？

　　她好高興得跟齊浩說，「下一次我邀你們男生來我家玩。」

　　齊浩扮了一個鬼臉，「誰敢去啊？我聽女生她們說，你家好冷，你爸好凶，虎視眈眈的，就像……就像掛在牆上的油畫人像，冷冷的監視她們。」

　　婷婷好難過，眼眶紅了紅，沒想到她費盡心意的準備，還是無法得到同學的認同。這下子，以後沒有人敢去她家玩了。想到這裡，她更傷心了。

　　回到家裡，婷婷心情還在低潮，依舊不發一言，媽媽從廚房走出來，興奮的問她，「怎麼樣？婷婷，同學一定大聲誇讚你的招待很棒，對不對？」

　　「才沒有呢！都是爸爸，我同學跟他打招呼，

他都不理人，同學就說爸爸不歡迎她們，她們以後不來了。而且，她們還到處跟別人說，連齊浩……齊浩也說他不要來我們家玩。」

媽媽知道齊浩是婷婷喜歡的對象，心裡一定很受傷害，可是，她也沒有辦法，輕輕嘆了一口氣，轉身回廚房。

婷婷沒有責怪媽媽的意思，媽媽很活潑，很民主，也很熱情招待同學，可是，同學都看不到這些，一直說她爸爸的壞話。唉！這也不算壞話，爸爸確實太不苟言笑了。

她靠著廚房的門邊，望著媽媽的背影，她相信，媽媽這些年過得也不快樂。她曾經問過媽媽，跟爸爸結婚以前，他就是這樣悶不吭聲嗎？那媽媽為什麼會嫁給爸爸這種人？

媽媽把所有原因歸咎於自己太年輕，所以媽媽

常常說，「結婚絕對不能衝動，也不能太膚淺，只
看人家外表帥不帥。」她知道婷婷喜歡齊浩，就是
因為他很帥。

　　媽媽跟爸爸是補日文的時候認識的，媽媽第
一眼就覺得怎麼有男生這麼帥？好像日本偶像劇的
明星。每次約會，爸爸都靜靜的聽媽媽說，沒有什
麼意見，媽媽要看什麼電影、去哪裡玩，他也從來
不反對。媽媽就以為他很尊重女生，不會大男人主
義。

　　約會一年以後，媽媽就答應跟爸爸結婚。決定
訂婚日子時，阿公從南部上來，在餐廳吃飯，從頭
到尾沒有說一句話。臨走的時候，阿公只對爸爸說
了「保重」兩個字。

　　當時媽媽嚇壞了，以為阿公不滿意她、不喜歡
她？所以，她跟爸爸說，「如果你們家不贊成，那

就算了，幹麼給我臭臉看呢！」

　　爸爸卻說阿公是老實人，他是好人，跟他一樣不善言詞。

　　媽媽覺得爸爸不像騙人，也就算了。這一點頭答應婚事，就度過了將近二十年安靜的婚姻生活。

　　媽媽切菜切了一半，回過頭來幽幽的說，「你爸爸是個好人，你不要怪他。」

　　婷婷沒有怪爸爸的意思，只是，她好羨慕別的同學跟爸爸像朋友一般無話不談，而爸爸從來不曾幫她餵奶或換尿布，更不要說抱過她了。她跟爸爸的合照，爸爸都站得很遠，好像陌生人。

　　難道，爸爸不愛媽媽也不愛她，他只愛自己？他結婚只是掩飾自戀的一個幌子？

　　她決定在爸媽結婚二十周年時，好好計畫一下，希望能改變爸爸，也能帶快樂給媽媽。

　　於是，她找了齊浩商量，齊浩卻說，「你答應陪我參加一個PARTY，做我的伴，我就幫你這個忙。」因為他知道婷婷不隨便參加舞會的。

　　婷婷不敢讓媽媽知道，穿著很簡單出門，偷偷到捷運站廁所換衣服。到了派對場所沒多久，婷婷就覺得不對勁，有人傳遞著搖頭丸，音樂也很駭，平時看起來斯文的齊浩，好像變了一個樣，眼睛露出野獸的光芒，把婷婷逼到角落裡，要吻她。

　　婷婷嚇壞了，藉口要上廁所，把自己關在洗手間。她連忙打手機回家，家裡沒人接，爸爸的手機響了很久，她匆匆留了言，不知道自己能否安然逃過一劫。

　　齊浩不斷在廁所外面敲門，婷婷只好騙他，「我拉肚子，我肚子好痛……」怎麼也不敢出來。

　　不知道過了多久，婷婷聽到外面傳來雜亂的腳

步聲，緊接著好像是警察的哨子聲……然後，她就
聽到爸爸的聲音，「婷婷，你在哪裡？婷婷……」

　　她連忙打開門，衝出廁所，看到爸爸，她不管
三七二十一，衝過去緊緊抱

住爸爸，爸
爸嚇慌了，
兩隻手僵硬
著，不知道
應該放在哪
裡。

　　她在爸爸耳邊說，「謝謝爸爸來救我，我好愛你。」

　　她看到爸爸的耳根倏地紅了，又繼續說，「我知道你也很愛我，對不對？」

　　爸爸很勉強的點了頭，還是沒有說話。

　　可是，至少她確定了一件事，爸爸是愛她也愛媽媽的，只是，他不知道怎麼表達。她也終於明白，即使爸爸這座山不會主動走向她，至少，她可以走向爸爸，有一天，她會聽到爸爸爽朗的笑，跟她聊很久很久的話。

今天天晴

用愛心說出心裡話

　　每個人都有不同的個性，沉默寡言的人，不表示他心裡也是一片死海，毫無波瀾，他只是不曉得如何表達，他也需要別人的關心啊！

　　通常，男生的口齒不若女生俐落，加上從小少言，或是兄弟姊妹少，沒有說話對象，甚至爸媽管教嚴格，告訴他，「小孩子不准有意見！」所以，他更沒機會訓練口才。要知道，爸媽身處的時代是「愛在心裡口難開」，不像現在，只要

有張嘴，就說個不停。

　　了解爸媽之後，就多包容他們，不要把他更推向千里之外。找機會主動跟他說話，製造機會相處（例如看電影、球賽、逛街），了解他的童年故事，軟化僵硬的關係。

　　剛開始，他不習慣說話，你也可以藉著卡片、小紙條，告訴他你的關心你的愛，即使他是千年冰山，有一天也會融化的。

生日禮物

小萱念的是夜校，每天放學回到家，都差不多十點多鐘了。

家裡很安靜。偶爾穿梭著電視摔角或新聞節目的聲音，但是自從總統大選之後，爸爸唾棄政論節目，覺得政治人物都喜歡說謊，家裡連電視的聲音也少了許多。

所以，小萱能拖延回家時間就拖延時間，即使只是聽聽公車呼嘯過、酒醉男子當街咆哮，或是便利商店玻璃門開啟的鈴聲，她都覺得舒服。

不是爸爸不好，爸爸對她很溫柔，每天幫她做便當，幫她洗衣服，幫她溫習功課……記憶裡，爸

爸根本不曾罵過她，除了提到媽媽，爸爸的臉色變得黯然，好像屋裡的燈突然暗了一般。

她是一個早產兒，爸媽帶得很辛苦，尤其是媽媽，常常夜裡無法睡覺，脾氣變得不好。加上爺爺奶奶希望媽媽生男孩，不斷催促媽媽再生一個。媽媽害怕又是一個早產兒，怎麼都不願意，甚至為了避免懷孕，跟爸爸分房，彼此的感情愈來愈糟。

後來呢？小萱每次這麼問，爸爸只是搖頭。小萱聽姑姑說，媽媽決定跟爸爸離婚，就在離婚的前一天晚上，媽媽失蹤了，沒有人知道她去了哪兒？奶奶說，媽媽自殺了，要爸爸再結婚。可是爸爸不肯。

「因為你認為媽媽沒有死，對不對？」小萱問爸爸。爸爸的眉頭皺得更緊，淡淡的說，「我想，那不重要了，她已經從我的生命中消失了。」

　　消失？是什麼意思？媽媽真的死了，這好像一個懸案，一個沒有人在乎的失蹤人口。她曾經跟同學當警察的爸爸打聽過，希望查出媽媽的下落，也只得到「失蹤」的結果。看多推理小說的小萱開始揣測，媽媽是被害死的，被埋葬在一個隱密的地方，想到這裡，她會哭泣，好像媽媽真的死了。

　　雖然她擁有一本媽媽的照相簿，不知翻過多少遍，媽媽的身影已經深深刻印心底，但是，她好想親眼見媽媽一面，證明她的媽媽是有血有肉的。這樣一個願望，在她每一次生日時更加迫切。

　　就像今天，爸爸出門上班時，特別叮嚀她，放學早點回來，要給她一個生日驚喜。是什麼禮物呢？爸爸每一年都絞盡腦汁，要給她一個快樂的生日，她如果告訴爸爸，她不要名牌包包，也不要智慧型手機，只希望媽媽一起過生日，爸爸會怎麼

說？暴跳如雷，還是如往昔一般默默無聲？

　　當她下了公車以後，走了一小段路，巷子裡
的路燈反常的沒有亮，黑黝黝的讓她起毛，突然身
後傳來急促的腳步聲，小萱快
他也快，小萱慢他也

慢，小萱開始緊張，會是她的愛慕者？不太像，既然喜歡她，不會搞恐怖氣氛。那會是企圖不良的歹徒？她要往哪裡躲避？附近沒有便利商店，而且住戶大都門戶緊閉。

她伸手進書包摸索手機，想跟爸爸求救，剛剛摸到手機，背後的腳步快得追上她，身後的人用力拍了她的肩膀，「小姐，你不要走那麼快！」

小萱嚇得尖叫，回身用手機敲對方的頭，「你要幹什麼？」

帽子壓得低低的男生擋掉她的攻勢，怪腔怪調說，「我只不過想跟你做朋友，幹麼那麼凶？」說著，用力攬過她的身體，想把她拖往暗處。

小萱繼續大叫，就在這時，有人衝了過來，揮起手中雨傘敲打帽子男，直到帽子男哀聲求饒，抱著頭落荒而逃。

　　小萱這才看清見義勇為幫她解困的是一位中年女子，拎著一個手提包，穿著很簡單，小萱急急拉住她，「謝謝你救了我，我一定要好好報答你。」

　　「不用了！」中年女子似乎不想久留，慌忙要走。

　　一戶人家陽台上的燈光照在中年女子臉上，有一股熟悉感，小萱不知哪裡來的靈感，脫口而出，「你是媽媽嗎？你是我媽媽嗎？」

　　中年女子搖頭，加速離去的腳步，小萱更加印證自己的猜測沒錯，她真的是媽媽。「如果你是我媽媽，你就不要走，否則我會恨你一輩子。」

　　中年女子停下來，緩緩轉過身子，臉頰上閃著淚光。

　　「不要恨我。」

　　「我為什麼不要恨你？我以為你死了，可是你

明明活著，你竟然那麼狠心遺棄我，不來看我。」

小萱的心情是複雜的，乍然遇見母親，又是在這種場合，彷彿夢境，她不知道該哭該笑。她悄悄打量母親，比照片中漂亮幾分。

　　媽媽擦了擦眼淚，吸吸鼻子說，「其實我從未離去。你還記得嗎？小學一年級的夏天，你去河裡玩水，差點淹死了，被人救了起來？你三年級一天早上，邊走路邊吃早餐，公車幾乎撞到的一剎那，有人把你抱開來？還有，你小學畢業那天，掉了錢包，有人幫你送到學校⋯⋯？」

　　小萱張大嘴巴，那些她認為是天使做的事，難道都是媽媽？

　　「你⋯⋯」她猶豫著，不知道是否應該衝過去抱住她？「既然你關心我，你為什麼不回來？」

　　「因為我做錯了事情，你爸爸不肯原諒

我……」媽媽低聲啜泣，「可是，我從來沒有忘記過你們……」

「小萱！……」在家裡久等不到小萱的爸爸突然現身，場面變得很尷尬，媽媽轉身迅速離去，小萱哀求爸爸，「你留住媽媽好不好？我只要這一樣生日禮物，別的都不要……。」

望著漸行漸遠的媽媽身影，小萱有預感，這一次離去，媽媽不會再出現了，她很想跑過去追媽媽，爸爸的呼喚卻解決了她的難題，「秀娟，不要走……」，爸爸的身軀抖動著，小萱抬起頭，她第一次看見爸爸哭得像一個無助的孩子。

今天天晴

快樂活著就是最美的禮物

　　我喜歡過生日，以前只要有碗糖煮蛋，我就滿足得不得了。慢慢長大以後，我喜歡別人送我貓頭鷹飾品。而現在，滿屋子收藏之後，我只想生日時跟家人在一起。

　　你呢？你喜歡過生日嗎？希望收到什麼生日禮物？如果你不滿意收到的禮物，會立刻板起臉來？還是，生日一定要送禮物嗎？

　　送給爸媽的禮物，那就是我們快樂的活著，

不要偷偷到無人海邊玩水，不要偷騎別人的機車結果出了車禍，不要考試考壞了就跳樓……即使他們偶爾生氣罵了你，也不要故意氣他們，做出傷害自己的事情。

　　至於你希望爸媽送你什麼禮物，你可以直接告訴他們（當然要在他們能力範圍之內），即使不滿意，也要歡喜接受他們的心意。金錢價值永遠比不上禮物之中的心意啊！

美麗的媽媽有對三角眼

　　婷瑩的媽媽是大家公認的漂亮，每次鄰居問她媽媽，「怎麼會嫁給你老公的？他看起來一點配不上你。」

　　她媽媽總是說，「帥老公人人愛，就不會對我死心塌地，而且，這樣才能凸顯出我的青春美麗。」

　　所以，她媽媽受不了臉上的一點小細紋或是痘痘，每天花很多時間保養自己，希望永遠得到別人的稱讚。

　　她媽媽也不喜歡人家叫她「邱媽媽」，或是「李阿姨」，好像她立刻會老了十歲，只有聽到別人稱呼

她「小姐」或「大美女李小姐……」她才會眉開眼笑。

很多同學都很羨慕婷瑩有一位漂亮媽媽，到哪裡都受人注意，只有婷瑩知道自己過的是什麼日子，因為媽媽很凶，只要婷瑩不照她的話去做，例如每天早上她都會逼婷瑩喝一杯很酸的蜂蜜檸檬汁，如果婷瑩拒絕喝，媽媽的眼睛就會瞪成三角眼，好像毒蛇的眼睛。

媽媽不太在意婷瑩的功課，常常跟她說，「女孩子那麼會念書有什麼用？漂亮勝於一切，你看那些國際名模或是歌唱比賽的冠軍，大家喜歡她們，是因為她考一百分嗎？」

偏偏，婷瑩就喜歡讀書，在班上常常考前幾名，媽媽卻不會因此讚美她，或是喜歡她。

媽媽跟她之間的對話，就是「早上起來有沒

有擦面霜？快要冬天了，皮膚會皸裂。你看你的頭髮，像稻草，還不快點去護髮？你穿這什麼衣服，我買給你的那件紅裙子呢？」

　　媽媽每天早上起床，要花很多時間化妝打扮，很少有時間做早餐，都是爸爸去早餐店買的。媽媽最喜歡使用假睫毛，是她看電視購物頻道學的，她希望自己比名模更漂亮。

　　可是，婷瑩卻不以為然，跟媽媽說，「你為什麼把毛蟲放在眼睛上面，好噁心，不知道是誰發明這樣的方法？」

　　媽媽的眼睛立刻瞪成三角眼，嚇得婷瑩不敢多說什麼。

　　也因為媽媽忙著打扮自己，她很少有耐心聽婷瑩說美容美麗之外的話題，無論是聯絡簿、營養午餐、考卷簽名、參加學校郊遊或是跟同學看電

影⋯⋯媽媽都不想聽，只會瞪著三角眼，「你少煩

我了，等一下眼線畫歪了，怎麼見人？」

「不畫眼線，你還是我媽媽啊！」

她只是想跟媽媽說，班

上有男生寫信給她，

而且她偷偷喜歡他很

久了，她以為媽媽

會傾聽，

會替她高

興，結果

她 又 失

望了。

每次放學的時候，婷瑩喜歡利用媽媽沒有回家的空檔，到同學家轉一轉，感受不同的氣氛，尤其是程薇薇的家。

程媽媽長得白白胖胖的，成天笑嘻嘻的，眼睛被笑容擠成一對可愛的泥鰍，一見面，就用她香香的臉頰親了婷瑩一下。不像她媽媽的臉化好妝，誰都不能碰，就連爸爸要吻媽媽，媽媽也說，「你要先預約，等晚上我卸妝以後再親啊！」

爸爸總是很洩氣的說，「我現在就想吻你啊！你現在那麼漂亮。」

「噁心！肉麻！」媽媽總是瞪起三角眼說，用力把爸爸推開。

程媽媽也喜歡做點心，每次看到婷瑩，都會拉著她的手，說，「小婷，你幫程媽媽嘗嘗看，這一次的布丁會不會太甜？」

如果被媽媽看到這一幕，一定先尖叫，然後就是三角眼伺候，「小婷，你要死了，吃這種垃圾食物，你會胖死的。」

婷瑩不怕胖死，她只希望吃到充滿愛心的食物。可是，這大概只能在夢中了。

爸爸曾經說過，媽媽家以前開餐廳，外公外婆都燒了一手好菜，媽媽也得到真傳。自從外公外婆相繼去世，媽媽不再拿起鍋鏟，所以，婷瑩只能在夢境裡想像媽媽的手藝。

程媽媽不但做點心給她吃，還會問她學校的情形、問她喜歡看的電視節目，謝謝她常常教薇薇寫功課。有的時候，還會帶她跟薇薇一起逛百貨公司、坐雲霄飛車，甚至去吃牛肉麵節最受歡迎的牛肉麵。

人潮洶湧的時候，她最喜歡程媽媽一隻手牽著

她、一隻手牽著薇薇，好溫暖、好窩心，好像有一個人關心著她。

背好書包，聽到薇薇按響的門鈴，婷瑩看了一眼還在刷腮紅的媽媽，決定放學時先去薇薇家，她相信程媽媽聽說有男孩寫信給她，一定會很興奮，說不定還會帶她去吃炸雞，好好慶祝她的初戀。

想到這裡，婷瑩臉上有了笑容，薇薇問她，「什麼事情這麼高興？你的漂亮媽媽今天心情好不好？」

「不好，她早晨試穿新買的衣服，因為穿起來太緊，她正在發脾氣，說她今天下班不回家，要先去百貨公司換衣服。」

「我好羨慕你媽媽這麼漂亮，像我媽媽就好胖……」

「可是，我寧願媽媽不漂亮，卻能夠常常陪

我……」婷瑩說出心底深處的話。如果可能，她真想跟上帝禱告，換一個媽媽給她，就像媽媽不滿意她買的衣服，就會換一件一樣。

婷瑩在薇薇家度過愉快的黃昏，擔心天黑才回家，被媽媽逮個正著，又會挨罵，匆忙趕著回去。

臉上的笑容尚未退去，推開門，卻看到媽媽在哭，媽媽面前的茶几上攤放著婷瑩的圖畫──「我的媽媽」，婷瑩畫的是一個穿著五彩繽紛的女人，她的臉上有一雙毒蛇的三角形眼睛，露出凶光，讓人不寒而慄。

婷瑩打著抖索，擔心媽媽氣壞了處罰她，正想閃個身躲回房間，卻聽到媽媽嗚咽著說，「你真的很討厭媽媽嗎？」

婷瑩搖搖頭、卻又點點頭，不曉得該怎麼回答。

媽媽哭得更大聲了，「難怪你爸爸也討厭我，去喜歡別的女人了。」

婷瑩這才知道，爸爸在外面有了別的女人，莫非是媽媽每次都不讓他親她化好粧的臉，所以爸爸改親別的女人？

事情沒有這麼簡單，原來媽媽當年搶了別人的老公，她為了緊緊抓住爸爸，不讓他回到以前的妻子身邊，或是被別的女人搶走，她一直提心吊膽，活在驚恐之中。

「我打扮得漂漂亮亮，結果，你爸爸卻去找了一個比我醜一百倍的女人。」媽媽哭得好傷心，她不明白，美麗也有錯。

婷瑩放下書包，用化妝紙幫媽媽擦去臉上的淚水，也擦掉了她的妝彩，露出她臉上的斑點。可是，婷瑩卻覺得，這時候的媽媽才像媽媽，那麼真

實，有血有肉會呼吸，
不是像化妝品廣告裡
的模特兒，活得虛假。

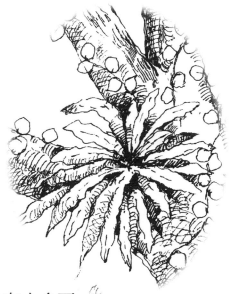

　　她誠心的跟媽
媽說，「你的素
顏很美耶。」

　　老師曾經跟他
們說過，糖果的包裝
再美，如果不好吃，沒有人會再
拿第二顆。爸爸到底只是喜歡媽媽的
包裝，還是真正的媽媽？

　　她沒有答案，只是她終於發現，媽媽的三角眼
不見了。

今天天晴

爸媽的天空也會掉眼淚

　　青春期的你，心緒或許不定，動輒發脾氣、鬧情緒，爸媽不知道如何跟你相處，只好跟你保持距離，慢慢等你長大，變得懂事。

　　你以為，爸媽已經過了青春期，是成熟的大人，就不該亂發脾氣，應該懂得控制情緒嗎？其實不然，他們也可能面對工作壓力、情感波折、健康虧損……他們的心情也會下雨啊！卻無法告

訴你，怕幼小的你擔心。

尤其是單親家庭的孩子，更要試著體諒父或母，鼓勵他們說出心事，你雖然無法幫他們解決問題，卻可以傾聽他們的苦惱。當他們在不穩定的情緒中，你更不要火上澆油，讓他們更生氣。何妨體貼的幫做家事，送上笑臉，為他禱告，求上帝幫助爸媽解決困難吧！

想念媽媽就打開窗

媽媽的生日快到了，杜融思念媽媽的心情，好像醃在缸裡的梅子酒味，益發濃烈。

杜融一邊舀著梅子酒，一邊記起她跟媽媽醃梅子的情形，眼淚差點掉進缸裡。

爸爸說他想要喝梅子酒，只是為了他要跟阿姨炫耀，他家的梅子酒多麼香醇。爸爸早就忘了媽媽吧！

所以，她不敢跟爸爸提起，她想去探望媽媽，幫媽媽唱生日快樂歌，雖然她的歌喉不好，她知道，媽媽一定會開心的拍手，說：「媽媽喜歡聽阿融唱歌，好像天上的星星都在眨眼睛打拍子。」

　　不像爸爸，會罵她，「你在鬼叫什麼，閉上你的嘴，你以為你是超偶啊！我看是超嘔，嘔吐的嘔！」

　　爸爸說話向來不討人喜歡，媽媽常常這麼說，可是媽媽習慣了，不想跟爸爸頂撞。即使媽媽如此忍氣吞聲過日子，還是逃不掉被趕出門的命運。因為阿媽不喜歡媽媽，罵她生不出兒子，天生的討債鬼。

　　爸爸也討厭媽媽經常生病，不但看病要花錢，而且媽媽會對他說，「我今天不舒服，我去客房睡覺。」讓他很不高興。

　　所以，當阿媽提議爸爸跟媽媽離婚，而爸爸去KTV唱歌時認識了一個死了丈夫的女人，杜融就必須面對失去媽媽的事實。

　　媽媽帶走了姊姊，卻留下了杜融，「媽媽不

是不愛你，而是媽媽的身體不好，姊姊大了，她可以打工賺錢，媽媽不用操太多的心。你乖乖待在家裡，等媽媽身體好了，存了一些錢，再來接你。」

爸爸離婚沒多久，就結婚了。阿姨很少叫她的名字，總是喂來喂去的使喚她，阿姨帶來了一個兒子——阿寶，也常常欺負她，丟作業給她寫，還騙她的簿子錢、車錢，害她挨老師罵，或是輔導課完走路回家。

她如果跟爸爸說阿寶欺負她，挨罵的卻是自己，她曾經氣呼呼的說，「他又不是你兒子，你為什麼要偏袒他？」

爸爸立刻狠狠的甩了她一個耳光，「他已經改姓杜，就是我們杜家的兒子，小孩子，懂什麼？」

阿姨在一旁冷笑著，「真是搞不清楚狀況，現在這個家誰當家。」

　　杜融不怪爸爸，她知道爸爸是做給阿姨看的，爸爸只是想藉著阿姨的肚子生一個兒子，只要阿姨生不出兒子，她也會被趕出家門，到時候，媽媽就有機會回來了。

　　因為實在太想念媽媽，杜融到她家隔壁巷子的雜貨店，請老闆娘幫她撥電話給媽媽。老闆娘是媽媽的好朋友，媽媽曾經拜託她照顧杜融，並且互通消息。

　　她聽到媽媽的聲音，是那麼虛弱，眼淚又流了下來，「媽媽，你是不是不舒服？」

　　媽媽喘著氣說，「我的老毛病又發作了，我不能說太多話，你要乖乖聽爸爸的話。」

　　本來杜融想跟媽媽說，爸爸和阿姨聯合起來欺負她，她要離開爸爸，只要能跟媽媽在一起，即使再苦，她也甘願。可是，她卻把話吞了回去，掛了

電話，她問老闆娘，「我媽媽到底怎麼樣了？」

平常笑口常開的老闆娘，整張臉黯淡下來，搖搖頭，嘆了一口氣，「我看不太樂觀，我很擔心你媽媽，醫生說，她的病可能治不好了。」

杜融驚叫一聲，「媽媽，會死掉嗎？」老闆娘沒有回答，但是，杜融在她臉上看到死亡的陰影，她不由全身顫抖著。

她一定要去看媽媽，也許媽媽看到她，病就好了。她央求著老闆娘，「我不認識路，我不知道怎麼找到我媽媽，你帶我去看她好不好？」

老闆娘十分為難，「如果給你阿媽知道，她會罵我的。」阿媽的凶，是全鎮上有名的。

杜融低下頭來，「請你一定要帶我去，阿姨懷孕了，我媽媽已經沒有機會回來了，我要去幫她過生日，我要唱歌給她聽，我要抱抱她，萬一以後都

抱不到了呢？」

　　老闆娘被她感動了，點點頭，「好吧！我來想

辦法。」

　　轉了好幾趟車，終

於見到媽媽，

杜融緊緊

抱住媽媽

瘦得幾

乎摸不

到肉的

腰，就

怕以後抱

不到了。她的淚水流過媽媽的衣服，媽媽不停拍著

她的背，「阿融乖，要用功讀書，就不會像媽媽一

樣，什麼都不懂，被別人安排自己的命運。」

　　老闆娘好心請媽媽和杜融吃熱騰騰的小籠包、蒸餃，算是幫媽媽過生日。歡樂的時光總是特別短，因為擔心太晚回去，爸爸會起疑，杜融只好依依不捨的跟媽媽揮別。

　　媽媽已經自顧不暇，卻不忘叮嚀杜融，「你要懂得照顧好自己。不要常常抱怨，多做一件家事，你就多學會一樣本領。不要跟阿姨頂撞，你就當作你多了一個媽媽、一個弟弟，要

跟他們和平相處。媽媽相信，人心是肉做的，時間久了，他們會被你感動的。媽媽會為你禱告，你也要為媽媽禱告，媽媽會認真活下去，讓阿融放心。如果你想念媽媽的時候，就推開窗子，窗外的風，撫過你的面頰，就好像媽媽摸著你的臉。」

杜融一直點頭，忍住自己的淚水，不讓媽媽再為她難過。

回家的路上，她悄悄打開巴士的窗子，一陣風吹了進來，涼涼的好舒服，她想起了媽媽離開家前做的愛玉冰、媽媽的炒米粉、媽媽的香菇雞湯，還有媽媽答應過年做給她吃的油飯……靠著這些美麗的回憶、充滿希望的期待，她相信，她可以找到屬於自己的快樂。

今天天晴

爸媽不在身邊時，讓思念添一對翅膀

　　我沒有見過爸爸，想念他的時候，我會打開窗，望著天上的雲，捎去我的問候；傷心的時候，我會拿出爸爸的照片，告訴他，沒有他的保護，我覺得好孤單。幸好有天父爸爸陪伴我，這些年，我平安走過。

　　是什麼原因讓你見不到爸或媽？他到外地工作，他們離婚了，或是，你很小的時候，他就離開家不知去向？爸媽有他們的難處，我相信，他

們是愛你的，只是暫時無法陪伴在你身邊。

記得你念幼稚園或小一時嗎？爸媽陪你到學校，站在教室外面守候，擔心你突然要找他們，望不見窗外那張熟悉的臉，你會害怕得大哭。漸漸的，你適應新環境了，交了新朋友，不再回頭找爸媽了，因為你知道，放學回家還是會看到他們。

當你的思念長了翅膀，就讓它飛一飛吧！千萬不要因為思念太多，哭壞了你的眼睛。

3

找回失去的笑容

惡水上的一座愛橋

　　午休時間，幾個好同學聚在一起嘰嘰喳喳，小慧剛好經過，順口問了一句，「你們在討論什麼事情啊？」

　　詩涵興奮的說，「我們正在計畫麗齡的生日派對，要穿什麼衣服去？」

　　「喔！」小慧輕輕應了一聲，沒有繼續問下去。

　　幾周以前，麗齡就邀請她參加生日派對，每個人都要準備一個節目，還要交換禮物，小慧立刻就拒絕了。麗齡一直問她原因，她只是說，「我媽要上班，我要回家照顧爸爸，謝謝你的好意，我心領

了。」

自從爸爸生意失敗，又被最好的朋友騙走所有積蓄，就氣得中風了，媽媽為了維持家計，兼了兩份工作，所以，小慧回家除了寫功課，還要做很多家事，餵爸爸吃飯，她所有的社交生活，畫上了句點。

媽媽看小慧累得沒有笑容，也會勸她跟同學出去逛逛街、看看電影，她都說，「沒關係，我看電視就好了。」

生日派對前一天，麗齡又打電話邀小慧，「你是我的好朋友，你不來參加，我會覺得很遺憾，你知道嗎？這可能是我在台灣過的最後一個生日，也不知道爸媽什麼時候就要移民了。你不必花錢買禮物，我喜歡你親手做的筆記本，如果有誰抽到了這一份禮物，我就跟他交換。」

小慧在班上的朋友不多，除了她的成績普通，

　　長得也不出色，口才也不好，家裡又沒有錢，不容易留給別人深刻印象，她常常想，即使以後畢業了，同學大概都想不起來班上有她這麼一個人。

　　只有麗齡，很喜歡跟她聊天，常常鼓勵她，「我覺得你的點子很多，很有創意呢！我就比不上你，我只會循規蹈矩、按部就班的念書。」

　　禁不起麗齡的要求，小慧終於答應赴約。

　　麗齡的家在一棟大廈裡，門口有警衛，大廳的面積就比小慧家大，發出光澤的大理石面，好像進了皇宮。站在麗齡12樓的家，可以看到淡水河。

　　「你家的風景好美喔！好像一個夢境。」小慧忍不住讚美。

　　「你如果喜歡，可以常常來玩。」麗齡的媽媽端出一道什錦拼盤，對小慧說。

　　小慧輕聲說謝謝，穿著花上衣配黑裙的她，

多半時間還是縮在角落裡，偶爾幫忙端端菜，回答
麗齡媽媽的問題。

　　沒想到麗齡的爸媽那麼親切，沒有架子，她爸
爸在新竹科學園區上班，是一位博士，媽媽則是公
關公司的經理，可是，他們為了招待麗齡的同學，
自己下廚準備餐點，一切就緒，就把地方讓給他
們，還對大家說，「我們夫妻出去約會了，你
們好好玩，不要
客氣啊！」

臨走前，麗齡媽媽特意走到小慧身旁，跟她說，「我聽小麗說，你是她的好朋友，常常教她國文、歷史，謝謝你囉！你不要太用功，那麼瘦，多吃一點，才有力氣啊。」

吃著桌上豐盛的菜肴，小慧感動得差點掉下眼淚，她還以為，沒有人注意到她的憔悴，第一次見面的麗齡媽媽，卻觀察細微。

她本來就不胖，這一段日子因為太累，胃口變得差了，甚至中午也是白開水配饅頭，想要多省一些錢，媽媽每次問她，「餐費還有嗎？自己去抽屜裡拿。」

她都是搖搖頭說，「我還有。」很節省很節省的用，希望家裡可以快點度過難關。

當麗齡知道小慧家的困境，那以後，總是找各種理由，邀小慧去她家玩，或是教她作文，她媽媽

總是事先準備很多好吃的菜，讓她打牙祭，臨走還要她打包帶回去給爸媽吃。

她很喜歡麗齡家的和樂氣氛，一點也不覺得拘束，心情不好的時候，她就到麗齡家的陽台上看看淡水河，悄悄告訴自己，不管眼前的河水多麼湍急、多麼混濁，她相信，一定可以度過難關。

麗齡爸媽知道小慧的數學、英文不好，特別找時間幫她找出問題，「只要方法對了，讀起書來就比較輕鬆。」因為他們的指點，小慧對數學、英文的恐懼，也減輕了，甚至考到比較好的成績。

小慧忍不住問麗齡，「你爸媽為什麼對我這麼好？」

「大概是因為我爸爸念書時得到過老師的幫助吧！他的老師曾經說，只要你幫助別人，就是對我最好的回報。」麗齡說。

　　這樣一份彷彿家人的溫暖，一直持續到小慧考大學。

　　雖然麗齡考上不錯的大學，他們家還是決定搬到上海去住。分開前，小慧媽媽特別准許她去麗齡家過夜，讓她們聊聊心裡的話。

　　麗齡走了以後，小慧的心情低落很久，但是，回想起共度的時光，還是覺得有一絲絲的溫暖。

　　當她們在MSN上相遇，小慧興奮的告訴麗齡──

　　「我爸爸的身體逐漸恢復健康，找到了大樓管理員的工作。」

　　「我媽媽現在只做直銷，比較多的時間照顧家裡。」

　　「我也找到一份家教。」

　　「謝謝你和你爸媽，你們就像惡水上的那座橋……」

　　「幫助我度過了生命中的黑暗期……」

今天天晴

好朋友幫助我們躲過食人魚

兩岸之間的聯絡，以前靠著船擺渡過去，現在可以架起橋，互通往來。你說，你可以游泳過去，但是，如果水裡有鱷魚、食人魚、大水怪呢？你還是要透過橋，安全度過，平安抵達彼岸。

朋友就像橋，尤其是好朋友，則是堅固的橋，如同許多電影裡的英雄，還是需要朋友幫助，在他們軟弱時給他們扶持與鼓勵。

你應該愛你的父母、手足，但你出門在外，遠親不如近鄰時，你就需要朋友，這個朋友不是你的酒肉朋友，在你順境時才向你靠攏；他是你的患難之交，永遠不離不棄，這樣的朋友，不需要家財萬貫，只需要有一顆「彼此相愛」的心。

跳樓大拍賣

詩媛很喜歡窗口的位子。

當她剛剛轉學到這個班上，只有這個座位是空的，她興高采烈的背著書包坐下來，旁邊的同學卻笑她，「真是白痴一個，這個位子是全教室最衰的位子，冬天颳風、夏天飄雨，又靠近陽台的掃把水桶，再加上，之前的主人生病死掉了，你要小心這個位子的詛咒喔！」

詩媛卻一點不在乎，她的命運已經很悲慘了，再壞也不過如此吧！自從爸媽離婚之後，爸爸為了避免觸景傷情，也想換一個工作環境，不顧詩媛的反對，帶著她搬到了這個小鎮。她以為，城裡的人

比較冷漠，這個小鎮應該充滿溫情吧！

　　結果不然，很少同學跟她說話，大概是同學們已經同班一年，培養了某種程度的友誼，她好像突然闖入的外星人，很難打進他們的圈子，即使坐在她旁邊的人，老師再三交代要善待新同學，他們依然有意無意的用話語刺傷她，或是恐嚇她，甚至用北極一般的眼神望著她。

　　所以，詩媛寧願望向窗外的天空，眼光追尋著白雲的足跡，好奇他們的家鄉、他們疲倦時落腳的地方，有時候望得出神了，根本忘記自己正在上課。

　　於是，老師只好把她叫起來，「崔詩媛，上課時眼睛要看黑板，不要看窗外。老師念在你是轉學生，不處罰你，坐下吧！」

　　坐下沒有多久，詩媛的眼光又飄向窗外，繼續打量已經變裝的白雲，在天空翻滾著，有時候她甚

至想，跟著白雲出走，也許是一件不錯的主意。

　　大概是她看雲的頻率過高，導師忍不住打電話去她家，這才知道她爸媽離婚的消息，對她有了幾分同情，偶爾會找她說幾句關切的話，但是，詩媛依舊不說話，冷冷的一張臉沒有任何表情，不讓別人看出她心裡的波濤起伏。

　　爸爸告訴導師的故事只有上半段吧！

　　媽媽搬走的時候，明明告訴她，「媽媽到了新地方，安頓好了，就會接你過去。」所以她一直期盼奇蹟出現，爸媽會復合。

　　可是，沒有，就在上個星期，去了上海的媽媽寫了一封依媚兒給她，說她結婚了，而且懷孕了，「醫生說是一個男孩，你應該高興有一個弟弟吧！」

　　詩媛一個字一個字的讀著，然後，一個字一個

字的刪著，當最後一個字刪完，好像媽媽也從她的心裡被刪掉了。

原來，從頭到尾媽媽都是騙她的，說她跟爸爸沒有感情，怪爸爸不務正業，都只是媽媽已經變心的障眼法。她不要一個會背叛的媽媽，她寧願沒有這樣的媽媽。

爸爸照樣每天工作，照樣沉默不語，父女倆，輪流望著窗外的雲，然後詩媛想著，如果她也可以把自己刪掉，憂愁煩惱是否就不會再糾纏著她？

午休的時候，詩媛趴在桌上，臉對著窗子，眼皮正要覆蓋下來，就聽到愛哭鬼又在抽抽搭搭哭泣的聲音，這已經不知道是她今天第幾回哭泣了？

她斷續聽說過，愛哭鬼的成績不好，身體健康很差，爸媽不怎麼喜歡她，在班上的人緣是倒數第二名，跟她不相上下。就在吃便當時，有同學嘲笑

愛哭鬼，「成績這麼爛，長得這麼醜，又沒有人愛你，你活著有什麼用？就是跳樓大拍賣也沒有人要你，我看你不如死了算了。」

這句話多麼熟悉，住家附近的商店就貼著一張很大的海報，上面寫著：「跳樓大拍賣！」

她問過爸爸，「是不是老闆跳樓了，所以他剩下的東西必須拍賣換錢買棺材？」

爸爸搖搖頭說，「不是的，是老闆的生意太差，被債務逼得幾乎要跳樓，為了避免跳樓，所以他只好拍賣自己的商品。」

　　短短五個字，竟然有不同的解讀。對愛哭鬼來說，幾乎就是一種全面封殺的否定啊！

　　其實，詩媛也曾經動過這樣的念頭，既然媽媽不要她，爸爸也幫不了她，還要養她，也許，跳樓變成一隻鳥，可以跟白雲長相陪伴，一起遊山玩水，是一種不錯的選擇。

　　不過，想歸想，她一直沒有機會採取行動，同樣的情節，在教室窗邊、在住家窗邊，在每一個她經過的窗邊，不斷反覆著，熟悉到她幾乎以為那是真實的場景。

　　下午第一節課，上的是歷史，大家有些昏昏欲睡，而詩媛，又開始跟白雲神遊。就在這個時候，愛哭鬼突然從座位上站起來，直直繞過其他同學座位，朝著陽台走去，她跨過橫七豎八的拖把，跨過水桶，走向陽台的欄杆。

每一個步驟都是如此熟悉，好像，走過這些障礙物的是詩媛自己，解除綑綁，不再受到冷嘲熱諷，爭取自己心靈的自由，像天空的鳥一般自由飛翔，飛啊飛的。她睜著眼望著，清楚明白愛哭鬼的下一步就是爬過欄杆，一躍而下。

全班同學都呆住了，老師也嚇到了，手足無措、呆若木雞，只有詩媛無比的清醒，衝了過去，緊緊抱住已經站上欄杆的愛哭鬼的身軀，「不要，不要，你不要跳樓。」

愛哭鬼跌坐在地，兩人哭成一團，她萬萬沒有想到，自己還是有人關心的。而詩媛壓抑許久的淚水，就在此刻決堤，因淚水而模糊的雙眼，卻看到兩隻鳥輕拍著翅膀飛向藍天。

在班上人緣倒數的兩個人，就在此刻，彼此的心靈貼得如此近，因為她們知道，她們從此不孤單。

今天天晴

他不是壁虎，也不是蜘蛛網

我問一個大四的男生，某某某跟他同一系，他是否認得？他這才發現，同窗四年，他竟然沒跟這個同學說過話。

這一點不誇張，試想看看，無論你是從幼稚園、小學或中學畢業，是否有些同學你根本毫無印象？通常這種人表現中等，或是活在角落裡，默默無聲無息，彷彿牆角的蜘蛛網、天花板上的壁虎，除非大掃除時或特意抬起頭來，否則你會完全忽略他的存在，於是，哪一天他突然消失了，你也不知道，甚至想不起來他的長相。

今天開始，不要只注意校園的風雲人物，或是班上成績數一數二的模範生，不妨左右觀察一下，是否某張面容透著古怪，某張臉蛋有著憂鬱，某個同學最近家庭突遭劇變……向他伸出友誼的手吧！

找回失去的笑容

　　立儀在班上是一個不多話的女孩，她不跟同學打鬧，也不會欺負別人，默默的讀書、默默的做事，聽到有趣的笑話就會笑得很開心，成績中等的她，考試比平常多了幾分，她就像得到機會跟偶像歌手吃飯一般興奮。

　　像她這種表現不是大好大壞的女生，通常不會引起很大的注意，所以她的朋友不多，多半時候，她都是獨來獨往，在角落裡自得其樂。

　　直到她認識了麗如。

　　麗如非常的活潑，在班上素來以敢言著稱，各方面的表現都很優秀，長相俏麗，家境優渥，人際

關係更是沒話說，男生女生都喜歡跟她打交道。

嚴格說起來，她跟立儀活在不同的世界裡，兩人很難有交集。直到一次班際郊遊，麗如暈車很嚴重，卻沒有一個同學安慰她，跟她隔了一個走道的立儀，卻拿了嘔吐袋幫忙她，還給了她一瓶礦泉水讓她漱口。沒想到，下車以後，麗如公開宣布，以後立儀就是她的好朋友，誰都不可以欺負她。

果然，麗如對立儀十分友善，送她漂亮的小髮夾、給她瑞士巧克力、甚至把她爸爸摸彩抽到的手機給了立儀。當立儀爸媽回婆家奔喪時，麗如還到她家陪她過夜。

漸漸的，立儀撤下了心防，把自己的夢想、心事、喜歡的男生……都告訴了麗如。

一天，她倆相約逛街，逛到了一家專做手鍊、戒指、項鍊的飾品店，立儀試戴了一條以問號串成

的手鍊，十分喜歡，可是，她沒有多餘的零用錢購買，只好把手鍊放了下來。

正要轉身走開，麗如拍拍她的後背，在她耳邊小聲說，「老闆不在，你悄悄拿走，他不知道的。」

立儀嚇壞了，還以為麗如跟她開玩笑，抬起頭一看，沒想到麗如卻是一臉的正經，用鼓勵的眼神跟她點頭。立儀搖搖手，「我沒有錢買，我不要了。」隨即匆匆走開。之後雖然繼續逛街，兩人之間的氣氛變得有些怪異。

過沒幾天，立儀卻發現麗如的手腕上戴著那一條她喜歡的問號手鍊，不免好奇著，麗如何時買的？為什麼沒有約她一起去買呢？是怕她無法擁有這條手鍊而傷心，所以不告訴她？

當麗如又在炫耀她的漂亮手鍊時，立儀忍不住

問她，「我記得這一條手鍊，我也很喜歡，你什麼時候買的？」

未料，麗如眼神慌亂的說，「我……我媽媽……買的，它不是你看的那一條。」隨即轉過頭去，不再理睬立儀。

立儀覺得很納悶，向來口齒伶俐的麗如怎麼會說話結巴？而且，臉上的表情也怪怪的。更奇怪的是，自從那天她們逛街以後，麗如很少來找她，甚至連放學時也跟別人一起走，不想跟她打招呼。

就在立儀想約麗如談一談時，班上同學卻開始在她身後竊竊私語，她隱約聽到一些傳言，說她的髮夾、鉛筆盒、手機……都是偷來的。立儀十分生氣，卻不曉得傳言是從何處開始的。

傳到後來，導師也找立儀到辦公室問話，立儀有些激動的說，「老師，雖然我家不是很有錢的

人，可是，我爸我媽管教很嚴格，我爸常常提醒我們，有多少能力，過多少的生活，不要貪圖不屬於自己的東西。髮夾、手機那些東西都是麗如送我的，老師不相信，可以問麗如。」

「老師教了你們一年多，我相信你不會做這些事。」

「可是，老師，我不知道這些傳言是怎麼開始的，是不是應該找出這個造謠的人？要不然，他繼續散播謠言，對我會造成很大的傷害，我不希望同學們誤會我。」

「老師會注意的。我想，謠言止於智者，有智慧的人，懂得分辨是非的。你回教室吧！」

導師並沒有告訴立儀是誰造她的謠、破壞她的名聲，但是，這件事卻讓她在班上變得更孤單，尤其是麗如，對她更是愛理不理，讓立儀很難過。

　　她曾經試圖跟麗如解釋，希望她不要像班上同學一樣誤會她，可是，麗如卻冷冷丟下一句話，「我不想跟你這種人做朋友。」更讓她心碎的是，麗如望著她的眼神，好像她是麗如結怨幾百年的宿敵。

　　之後，有一位男同學看不過去，悄悄打電話告訴立儀真相，「到處破壞你的就是麗如，因為你跟她喜歡同一個
男生。」

　　原來，立儀把她當作知心好友說出來的祕密，竟然成為兩人決裂的導火線，而且，麗如還故意設計她順手牽羊那一條問號手鍊，幸好，她沒有上當，幸好，她認清了她的真面目。

　　立儀掛斷電話，決定把麗如送她的東西整理出來，還給她。望著一樣樣的禮物，以為是朋友的愛心，卻全部變了調，她的眼淚忍不住流了下來。因為哭泣的聲音太大，媽媽過來關心她，了解事情經過後，安慰她，「班上同學那麼多，你可以再找其他人做朋友啊！」

　　立儀哭得更凶，「我不是擔心沒有朋友，而是生氣她怎麼可以這樣欺騙我，我不想再看到她，我要轉班、轉學。這個世界上根本就沒有真正的友誼，我再也不相信任何人了。」

　　媽媽耐心勸她，「在這個社會上，本來就有各

式各樣的人，被騙的絕不只是你一個人，如果你失去了信心、失去了笑容，你不就上了魔鬼的當嗎？魔鬼最希望我們的心被仇恨填滿。你不妨試試看，用你的寬大對待你的敵人，而不是變得像你的敵人一樣。」

立儀望著梳妝鏡裡的自己，臉部扭曲、眼鼻紅腫，是那麼的醜陋，她自己都嚇了一跳，昔日那個一點小事就可以笑得很開心的立儀到哪裡去了？她吸吸鼻子，走到浴室洗了一把臉，抬起頭對著鏡子，她勇敢堅毅的說，「我是不會被打倒的。」

於是，第二天到了學校，她望見麗如還有其他散播謠言的人，她主動跟他們打招呼，送上真誠的笑容。結果，那些人一個個目瞪口呆，不明白立儀葫蘆裡賣的是什麼藥。

只有立儀知道，她蹺家好久的快樂又回來了。

今天天晴

小小舌頭，殺傷力驚人

我們身體的器官之中，舌頭是很小的部分，卻是我們清醒時經常使用的器官。偏偏，稍不小心，就會禍從口出，更可怕的就是蓄意用舌頭說出傷人、汙衊人的話，例如八卦、抹黑造謠。

感覺上，一句話不過是雲淡風輕，看不見也摸不著，偏偏殺傷力驚人，有些人承受不住、解釋不清，甚至精神崩潰都有可能。

你希望這樣嗎？當然不是，我們應該用舌頭說讚美、感恩的話。萬一別人如此對你，企圖打擊你的信心，你不要上他的當。如果是別人到處散播謠言，千萬不要隨八卦起舞，不要成為「惡舌頭」的幫凶。更重要的是，你要管好自己的舌頭，好好管教他。

我不是壞學生

剛走出校門，屠正典忍住很久的淚水，終於奪眶而出。顧不得路人打量他，他拚命用袖子擦拭淚水，可是，卻好像壞掉的水龍頭，怎麼也止不住。

媽媽輕輕拍了拍他的手說，「正典，我們再試試看，一定會有學校願意收留你的。」

正典拚命搖頭，幾乎是用吼的，「我不要念書了，一直被別人笑我是壞孩子、是沒有用的孩子。」

「就是這樣，你更要念書，將來才會有出息，才能夠讓人刮目相看。」媽媽繼續勸他，「媽媽都沒有放棄，你為什麼要放棄？阿姨說，可以找民意

代表幫我們求情。來，媽媽請你去吃冰，天氣這麼熱，看你一頭是汗。」

正典用眼角看著媽媽晒紅的臉，讓她黝黑粗糙的皮膚，閃閃發光。因為他，讓媽媽傷透腦筋，他好想跟媽媽說對不起，可是，他卻開不了口。

早晨出門時，爸爸就勸過媽媽，「我以前也像你這樣想，我們正典要多念書才有出息。既然被大家瞧不起，還是讓他跟我學做木工，將來才不會餓死的。」

「不行，我要學習阿甘的媽媽，為兒子繼續努力，沒有人可以看扁我們正典。」媽媽自從看過《阿甘正傳》這部電影，她就對正典充滿希望，認為他將來會是一個有用之才。

偏偏正典總是讓媽媽失望，不斷接到學校通知，正典蹺課了、正典打架了、正典頂撞老師了、

正典儀容不整、正典沒有繳作業……。

其實，也不能怪正典，他雖然覺得念書很無趣，可是，為了不讓媽媽傷心，他還是每天乖乖上學，想盡辦法混過一天又一天。

只是，正典長得又高又大，橫眉豎眼，同學給他取了綽號「屠夫」、「屠老大」，有事沒事招惹他。走在校園裡，只不過眼光飄過學長面前，就惹來怒罵，「看什麼看，你老大啊！再看，我把你眼珠子挖出來。」

他剛開始不懂得惹怒學長的嚴重性，還傻傻的回嘴，「我沒有看你，我是看你旁邊的女生。」

「你找打啊！竟然敢看我馬子。」學長立刻揮拳，正典下意識舉手保護自己，結果力道太大，竟然把學長的下巴打得脫臼。

訓導處非但沒有記學長的過，也不問清楚原

因，把正典叫去訓導處，狠狠的警告他，「如果再打架，就要你轉學。」

「我沒有打架……」正典想要為自己爭辯，可是，沒有用，正典已經被記上黑名單。

不但如此，他在校園裡也不得安寧，有些人想要追隨他，拱他當「老大」；有人卻警告他安分一點，否則要他斷手斷腳；甚至有其他學校的人挑釁他，半路攔截他，要跟他單挑……正典嚇得幾天不敢上學，在外遊蕩，結果，變成了曠課。

好幾次，他想把真正原因告訴媽媽，可是，他怕媽媽擔心，只好自己擔驚受怕的繼續上學。沒想到，禍事依然一樁接一樁，最後，他只好被迫轉學。

大概是正典的故事傳進了新的學校，立刻就有人找他麻煩，讓他轉學第一天，就因為跑步速度太

快，把同學撞倒在地，被老師罰站，還罵他，「朽木不可雕也，你闖的禍還不夠嗎？還是叫你媽媽把你領回去。」

領回去就領回去，這樣沒有愛心的學校，正典也不想待下去，可是，想起媽媽哭泣的臉，他只好嚥下委屈，哀求老師，「老師，我不是故意的，不要趕我走。」

但是，似乎沒有用，他成了老師及同學的眼中釘，大家每天都注意他的一舉一動，一點風吹草動，同學就告狀，老師就把他叫進辦公室訓斥。直到他的考卷被同學惡作劇撕破，他的制服被噴了墨，老師即刻要他收拾書包，回家去。

用面紙擤了擤鼻涕，正典正要跟媽媽走開，有人叫住他們，「你們到學校有什麼事嗎？」

原來是在這所學校任教的許老師，她了解正

典的狀況後，問了正典一句，「你真的想要念書嗎？」

正典看看媽媽，輕輕點了點頭。

「你是為了自己念書？還是為了媽媽念書？」許老師繼續問。

正典點點頭又搖搖頭。

「好，只要你想念書，不管是為了誰，我來幫你想辦法。但是你要答應我，一定要認真學習。」

經由這位許老師的保證，同時願意親自教導他，正典終於有了學校落腳。但是，校長加了一條但書，「許老師，看在你是本校優良教師的分上，我答應給你三個月。如果屠正典同學又再犯錯，或是蹺課不上學，很抱歉，還是要請他轉學。」

因為許老師的耳提面命，班上同學對屠正典還算友善，讓他平靜的度過幾天。

　　周末時，許老師特地約了正典吃拉麵，跟他

說，「你知道嗎？這家拉麵店的老闆以前是一個中

輟生，他不喜歡念書，

所以爸媽都不喜

歡他。後來我

鼓勵他去

念了

高職

餐飲科，他自己半工半讀存了錢，服完兵役工作一段時間後，自己開了這家拉麵店，口碑不錯呢！所以，不要管別人對你的眼光，你要走出一條自己的路。」

「可是我爸希望我做木工，我媽要我念博士，我不知道我要幹麼？」正典抓抓頭，十分苦惱。

「你一定先要找到方向，也就是人生的方向。聽起來很嚴肅，可是，這對你很有幫助。放學了，回家，是你的方向。肚子餓了，到餐廳吃飯，是你的方向。想要打棒球，像陳偉殷為國爭光是你的方向。你先想想看，你喜歡什麼？你做什麼事情最快樂？當你找到方向，你就會知道，讀書是為了幫助你達到這個方向。」

正典好納悶，他跟許老師非親非故，她為什麼要幫助他？連爸爸也說，「世界上會有這種好人？

天上會下紅雨。」

　　但是，他還是按照許老師的建議，每天努力想著，到底，什麼是他的方向？

　　他坐在爸爸用廢木料幫他製作的書桌前，無聊的把玩著窗台上各種動物模型。他小時候常常跟著爸爸到工地，撿了小木頭，就隨手用小刀子刻著他喜歡的動物。前不久，他看到電視新聞，刻了一對貓熊，小表妹好喜歡，吵著要他送給她，他似乎有了一點明白。

　　攤開書本、坐直身體，正典深深吸了一口氣，不管是做木工，或是建築師，還是當媽媽心目中的大博士，正典現在開始，要學習喜歡上學、喜歡讀書，然後，他才能朝著他未來的方向走去。

今天天晴

成績不佳，不代表是個「壞學生」

什麼是好學生、壞學生？評斷的標準是什麼？成績高低、家境貧富、長相美醜……一般習慣以成績定好壞，如果爸媽、老師也是如此看待同學，豈不是成績差的同學永無翻身之地，永遠找不到朋友或肯定他、愛她的人？

成績不能決定一個人的好壞，或許若干年後他成績突飛猛進，或是進了社會職場，表現成就可圈可點。即使他只是一個平凡人，不偷不搶，也值得尊敬。

一個人的品德更甚於一切，成績好卻滿嘴謊言，或是嫌貧愛富，或是驕傲嫉妒，又怎麼稱得上「好學生」？

只要他有愛心，他懂得照顧人，他誠實可靠，願意傾聽你的心事，幫你保守祕密，他就是你的好朋友。

夢裡警察狂追我

　　放學時走出校門的同學，彷彿放出籠子的鳥兒，興奮的吱吱喳喳，突然有同學大聲喊著，「警察，有警察！」

　　正在跟同學聊天的依蘋瞬間變臉，邊哭邊跳的到處竄，想要找個地方躲起來。旁邊的同學見狀，抱著肚子大笑，「哈哈，嚇到你了，章依蘋，嚇到你了。」

　　依蘋發現自己上當，氣得眼淚啪啦啪啦掉，跺著腳說，「我不要跟你們做朋友了。」

　　依蘋這麼怕警察，是有原因的。

　　因為爸媽做生意，非常忙碌，只好把幼小的依

蘋交給保母照顧。保母同時帶了好幾個小孩，已經手忙腳亂，偏偏依蘋又愛哭，每次她哭泣，保母就會嚇唬她，「你再哭，就要警察把你抓走，你就永遠看不到爸媽了。」

所以，她心底認定警察都是壞人，會害她跟父母分離。

每次只要聽到警察車喔依喔依的鳴笛聲，或是過馬路聽到警察吹哨子，她都會嚇得大哭，以為警察要抓她了。

更糟糕的是，她每次夜晚睡覺時，經常都會夢到警察狂追她，她怎麼跑都逃不脫，半夜驚醒是常事，嚴重的時候，還會嚇得尿床。

媽媽換床單時，忍不住會罵她，「這麼大還尿床，丟不丟臉？」直到發現她尿床的頻率很高，才關心的問她原因。

　　不管媽媽怎麼跟她解釋，「警察伯伯是保護我們的保母，你幹麼害怕呢！」依蘋還是覺得保母是壞人，警察也是壞人。

　　長大以後，關於警察的驚恐夢魘依然纏繞依蘋，在每個夢境裡追逐她，尤其是遇到考試等壓力大的時候，夢裡出現的警察愈多，彷彿警察大隊的警察都出動找她麻煩，如同恐懼織成的漫天烏雲，籠罩在她的夢裡。

　　所以，白天的時候，依蘋能躲避警察就躲得遠遠的，上下學時，知道哪個路口有警察指揮交通，她絕對不走那條路。

　　偏偏爸爸愛看警匪片
影集，家裡四處充滿
警匪槍戰的聲音，
她跟爸爸抗議無
用，爸爸還
說，「你愈
害怕，愈要
正面迎
戰。」
她只好躲
在棉被裡發

抖，擔心螢幕裡的警察，隨時會跳出來抓她。

　　某次媽媽帶她去雙溪遊玩，車子不小心開錯
路，進了雪山隧道，媽媽不想繼續往下開，為了節
省時間，悄悄找機會迴轉。

　　因為違規，警察車立刻追了上來，媽媽只好停車，搖下車窗。

　　媽媽尚未開口說話，依蘋已經哭得上氣不接下氣，大聲嚷叫著，「警察要抓我，我看不到媽媽了，我回不了家了。媽媽，我要尿尿……」

　　她語無倫次，愈哭愈大聲，把警察嚇了一大跳，連忙哄她，「小妹妹，乖，不要哭，我不會抓你媽媽，是因為你媽媽違規迴轉……」

　　「不要抓我媽媽，不要……」依蘋邊說邊發抖，全身忍不住抽搐起來。

　　警察擔心情況演變得無法處理，不得已，只好揮手叫她們離開，提醒她們，「下次不可以這樣了。」

　　當車子開遠，媽媽摸摸依蘋的頭，「女兒啊！你的演技真棒，幫媽媽省了一張罰單。」

依蘋卻彷彿中邪般尖叫大喊，「我不要看到警察，我討厭警察。」她是真的害怕警察，即使已經出了隧道，她的心臟還在劇烈跳動，急著跳出口腔。

媽媽把這件事當笑話說給爸爸聽，依蘋氣壞了，覺得媽媽真是沒有同情心。爸爸卻在一邊加油添醋，說，「小蘋啊！以後爸爸開車，就要帶你一起，這樣，我超速或闖紅燈就不怕警察了。」

過不久的一次放學，依蘋因為專心跟同學討論校慶的表演節目，沒注意到自己走到警察指揮交通的十字路口，只聽到警察的哨子大響，依蘋渾身發抖，整個人呆在路當中，以為自己闖紅燈，要被警察抓走了。

她的同學已經動作快速的穿越馬路，她卻動彈不得，整個身體僵硬著，邁不出一步。

　　說時遲那時快，一輛汽車煞車不及，撞倒依蘋，她頓時昏了過去。

　　她的同學親眼見到這一幕，嚇得衝過來大喊依蘋的名字，依蘋卻緊閉雙眼，靜臥不動。

　　警察即刻阻止行進間的車子，趕忙過來問她的同學，「你認識她嘛？我現在立刻送她去醫院，你趕緊通知她的父母。」

　　很快的，救護車到了，把依蘋抬上車，接下來就像電影裡的情節，嗚啊嗚的，一路鳴叫到了醫院。

　　警察耐心的陪伴她，直到爸媽出現，爸爸不分青紅皂白，罵警察害死他女兒，她同學卻在一旁說，「章爸爸，是警察叔叔救了她，要不然，其他車子緊接著開過來，可能會更嚴重。」

　　幸好，車速不快，依蘋只是皮肉之傷，因為

太緊張，所以嚇昏了。當依蘋醒過來，乍看到警察站在床邊，張嘴就要尖叫，媽媽立刻說，「依蘋，快謝謝警察叔叔，他拚命擋住車子，救了你的命……」

依蘋幾乎不相信自己的耳朵，警察竟然救了她？

警察不是壞人，警察是她的救命恩人，說也奇怪，多年的夢魘就在剎那間煙消雲散，「恐警症」竟然不藥而癒。

她微笑著對警察說，「謝謝你，警察叔叔，媽媽說你是我們的好保母……」

依蘋這才發現，剛剛昏迷時的夢境裡，再也沒有警察追逐她了。

今天天晴

終結惡夢就是勇敢面對夢裡的惡人

　　每個人都有一些害怕的人事物吧！你怕爸爸、怕老師、怕警察、怕冷酷的人。你怕蛇、怕蟑螂、怕老鼠、怕黑漆漆的房間。

　　這些恐懼有些來自於幼年的傷害，也可能是你本來就嫌惡的東西，若不努力改善，可能阻礙你的人際關係，讓你不敢跟別人太過親近，結果變得孤僻怪異。你怕血，無法當醫生；你怕警察，不敢開

車上路；你怕爸爸，關係變得無比疏遠。

　　心理學家說過，越逃避，你反而越害怕。不如鼓起勇氣面對這些害怕，找出原因，消滅疑慮，讓恐懼消除。好像你害怕床底藏著怪獸，只要掀起床單，發現床底空無一物，你就不再覺得可怕了。夢裡誰在追你，你大膽回頭看，他從此不會再追你。

4

我家有個魔術師

哥哥把我當作陌生人

雖然浩禮、浩義出生時，只相差了一分鐘，但是，兄弟倆的感情十分融洽，從小一起玩遊戲、學鋼琴、搭娃娃車上幼稚園，所有人見了，都會誇獎他們：「天哪！簡直就像一對小天使，好可愛啊！」

媽媽聽了這樣的話，總是開心的一邊抱著一個，笑著說：「是啊！他們是上帝賜給我的一對寶。」因為他們是媽媽四十歲時，冒著高齡的危險，生下的孩子。

尤其是浩義，自幼習慣學著浩禮的一舉一動，到哪裡也跟著他，好像一個聽話的機器人。

只要浩禮說一聲，「我肚子好餓。」浩義就會立刻拿餅乾遞給他說，「哥哥，請你吃。」

如果浩禮不小心摔倒了，浩義也會跑到櫃子邊，打開門，辛苦的用兩手拎著醫藥箱，搖搖晃晃走到浩禮身邊，「哥哥，我幫你擦藥。」

當媽媽讚美浩義說，「弟弟好乖，都會照顧哥哥。」

浩義就會說，「老師告訴我們的，上帝要我們雙胞胎一起來到世界上，就是要相親相愛、互相幫助，我不會像雅各一樣，欺騙他的哥哥以掃。對不對？媽媽。」

《聖經》裡關於雙胞胎兄弟以掃、雅各的故事，浩義聽了無數遍，每次他都會問老師，「以掃肚子餓了，雅各應該煮東西給他吃，為什麼還要故意用紅豆湯騙走他的長子名分呢？這樣欺騙人不是

一個好弟弟。我一定不會這樣。」

所以，浩義很擔心自己跟哥哥的感情變壞，特別尊敬浩禮，什麼事情都會說，「我要問我哥哥。」

幼稚園時，老師建議媽媽讓他們培養獨立性格，分別念不同班，每回下課，浩義一定會以最快速度衝到浩禮的教室，墊著腳跟趴在窗口，「哥哥，哥哥。」一直叫。老師因此幫浩義取了綽號「小公雞」，說他整天咯咯咯咯叫不停。

浩禮也習慣跟浩義穿相同服飾、學相同才藝，甚至到外吃飯點餐，兩個人也都是點一樣的燒肉堡或炸雞餐或是義大利肉醬麵，爸媽照顧他們，也就分外輕鬆。

可是，不知道為了什麼，兩人相安無事的情況逐漸有了改變。小學三年級時，浩禮、浩義分到不

同班級，浩義已經夠傷心了，沒想到，浩禮竟然吵著要自己睡一個房間，簡直就是晴天霹靂。

　　為此浩義哭了幾天幾夜，不肯跟浩禮分開，暫時勉強繼續住同個房間，可是，浩禮開始對浩義有些冷淡，經常愛理不理的。

　　到四年級時，浩義才心不甘情不願的答應跟哥哥分房，沒想到，浩禮接著提出要求，「我以後上學，我要自己走，我不要跟浩義一起走。」

　　「為什麼？」浩義問，擔心臥室分房的夢魘再度發生。

　　媽媽也很好奇，「為什麼？兩個人一起上學，彼此可以互相照應。」

　　「對啊！浩禮，你是哥哥，你要照顧弟弟。」爸爸也表達意見。

　　「我為什麼要當哥哥，我只不過大他一分鐘，

我是我，他是他。」浩禮非常堅持自己的看法，媽媽只好勸浩義，「媽媽陪你去學校，好不好？」

浩義搖搖頭，「我不要，同學會笑我長不大。我只要哥哥。」

可是，浩禮不曾因為浩義的眼淚有所妥協，還嘲笑他，「男生這麼愛哭，你不要做男生好了。」

浩義不敢惹怒浩禮，只好在每天早晨悄悄跟在浩禮後面，隔了一段距離看著他，他就覺得安心了。

可是，到了學校，浩禮依舊不假顏色，當他在走廊跟別人說話，浩義靠過去問他，「你們在說什麼，好高興喔！我也要聽。」

浩禮就會怒氣沖沖說，「走開，沒有人跟你說話。」

浩禮同學納悶的問，「他不是你雙胞胎弟弟

嗎？你們是不是吵架了？」

浩禮掉頭就走，「他才不是我弟弟，我沒有這麼討厭的弟弟。」

浩義聽到這句話，一張臉垮了下來，好像高溫下溶解的冰淇淋，他整顆心都碎了，哥哥是不是不愛他了，所以否認他這個弟弟。

他問過爸爸媽媽，他們都安慰他說，「哥哥大概是心情不好，過幾天就好了。」

他也上網提出問題，「雙胞胎哥哥為什麼變成陌生人？」網友熱烈響應，提出很多看法，大多數是說，雙胞胎長大以後，希望尋找自我，所以會盡量跟另一個人表現得不一樣。難怪浩禮連服飾都改變了，只要是跟浩義相同款式的，即使不同顏色，他也要求媽媽捐給慈善機關。

這天放學時，突然下雨了，浩義記得浩禮出

門時沒有帶傘，下課鐘聲剛響，即刻衝到浩禮的教室，把傘遞給他，「哥哥，傘給你撐，媽媽說你身體不好，容易感冒，不可以淋雨。」

未料，浩禮毫不領情，用力揮開他的傘，把傘打落在地上，還罵他，「誰要你管，你討厭，你走開，我不要看到你。」

浩義強忍住淚水，望著浩禮愈走愈遠，好像他從此就要走

出他的生活，他要失去這個哥哥了。

他獨自縮在校園的角落，愈哭愈傷心，彷彿世界末日，渾身都淋溼了，他也不以為意。雨水不斷的沖刷著他，卻洗不去他心中莫大的悲傷。

天逐漸暗去，浩義冷得直打哆嗦，卻聽到媽媽的呼喚，他緊緊抱住媽媽，才止住的淚水又不斷泉湧。

浩義渾身溼透的回到家裡，浩禮依然不理他，關在自己的房間裡。那種兄弟之間隔絕的冷，讓浩義最後的一點希望，也失去了，他整個人軟癱在地，媽媽這才發現，浩義發著高燒，昏過去了。

浩義被送進醫院急診，躺在病床上，高燒始終不退，說著夢話，做著惡夢，一團黑影不斷追逐著他，他呼喊著哥哥，卻發現自己在大火爐裡，哥哥卻在爐子外面。

　　他狂叫著「哥哥不要走！」突然醒了過來，睜開眼睛，浩義轉動著頭打量四周，白色的牆壁、吊掛的點滴，這是哪裡啊？

　　再往右邊瞧，卻看見浩禮坐在椅子上，身體斜靠著牆壁睡著了。浩義幾乎不敢相信自己的眼睛，以為自己還在做夢，揉揉眼，浩禮還在，他好想叫他，卻擔心一叫他，浩禮又會立刻跑掉。

　　就在這時候，媽媽推開門走了進來，發現浩義醒了，高興的衝過來抱住他的頭，親著他的額頭，「弟弟，你醒了啊！我們大家都擔心死了。」

　　浩義從媽媽身體側邊的縫隙望向浩禮，意外的，浩禮沒有跑掉，而是站起身，走向他的床鋪。

　　媽媽溫柔的說，「弟弟，你知道嗎？你淋雨太久，差點得了肺炎，昏睡了兩天，哥哥堅持要在醫院陪你，不肯回家，你要謝謝哥哥喔！」

　　「真的？」浩義以為自己聽錯了，浩禮怎麼會願意陪伴他？

　　媽媽回過頭跟浩禮說，「哥哥，你自己告訴弟弟吧！」

　　浩禮有些難為情的說，「別人告訴我，雙胞胎的感情太好，魔鬼就會嫉妒，就會抓走其中一個。所以我就故意不理你，希望魔鬼不會找你麻煩。誰知道你還是生病了。媽媽告訴我，這是魔鬼故意要破壞我們的計策，要我不要上當了。弟弟，對不起。」

　　浩禮伸出手跟浩義緊緊握在一起。

　　「哥哥！哥哥！你還是我的哥哥。」浩義又哭了，原來，哥哥是因為太愛他才會冷淡他。

今天天晴

只要有愛，什麼都不怕

迷信真的是很糟糕的一件事，我就深受其害。因為爸爸很早過世，算命的說我的命太硬，媽媽擔心我會剋死她，不准我叫她「媽媽」，這樣媽媽就可以逃過一劫。試問，果真有這種魔鬼，會這麼笨嗎？不叫媽媽就不知道她是我媽媽。

　　不少人被迷信害得動輒得咎，出門要看時辰，結婚要看八字，求學考試要拿准考證去拜拜，這樣真的有用嗎？如果你不用功、過馬路不小心，迷信可以幫助你平安無事、一帆風順嗎？

　　愛的力量很大，不會因為你愛爸爸媽媽，愛兄弟姊妹，就會害死他們，在愛裡沒有懼怕，這種愛是大水大火都無法消滅的。

我的志願不是志願

參加夏令營的第一天，分小組之後，老師照慣例問大家的夢想。

輪到緯綸時，他搖搖頭說，「我沒有夢想。」

「啊？怎麼可能沒有夢想？你從來不會想將來要做什麼嗎？」老師一臉問號。

是的，他沒有夢想。因為他從來不做夢，也沒有什麼事情需要他煩惱操心。爸爸說的，天塌下來有他頂著，地陷下去有媽媽拉著，他們就他一個寶貝兒子，他們不疼他，疼誰？他們不關心他，關心誰？

他同組的人紛紛發表意見，反應十分熱烈，緯

緯綸邊聽邊想，這些真是怪人，為什麼要有夢想呢？為什麼吃飽飯不睡覺，還給自己找麻煩呢？

在現實生活中，爸媽都替他規畫好也安排好一切，吃什麼穿什麼讀什麼，就連夏令營也是爸媽幫他挑選，幫他報名的。他不覺得這樣有什麼不好。

所以，直到夏令營結束，老師問他的感想，他也說，「我沒有想法，你問我爸媽。」

同學問他以後還會不會參加？他也說，「這是我爸媽的事，不需要我煩惱。」

就因為凡事不需要他煩惱，所以緯綸心寬體胖，體重漸漸超過標準，走起路來，地都會震動。即使有人笑他「胖得像垃圾桶」，甚至是「胖得像飛不起來的熱氣球」，他還是把爸媽準備的愛心餐點吃得乾乾淨淨，把甜點當作維他命吃下去。

不過，當爸爸發現他用兩隻手也無法環抱緯綸

的胖腰時，開始緊張起來，擔心他小小年紀就得到糖尿病或是成為三高患者，跟媽媽研究以後，結論是緯綸缺乏運動。

於是，爸爸規定緯綸每個周六周日爬後山的古道，早晚各爬一遍。

這樣就必須提早起床，減少睡眠，緯綸卻不曾抱怨，他知道這是爸媽為他好，爸媽絕不會害他，乖乖的按時走古道。

雖然每天走得氣喘吁吁，渾身是汗，他還是很認真的完成爸爸的功課，走累了，他就停下腳步，坐在古道石階上，喝幾口水，領受帶著花香的山風吹拂，聽早起的鳥叫。

古道走久了，緯綸偶爾會遇見一些熟面孔，昆蟲哥哥就是其中一位。他每次爬山都會尋找昆蟲、觀察昆蟲，替昆蟲拍照。

當他們一起坐下來休息時，昆蟲哥哥問緯綸為何走古道？「很少年輕人走這條路，你很特別。」

「是我爸爸要我來走的。」

「你很聽你爸爸的話？那麼，你喜歡爬山嗎？你喜歡古道嗎？」昆蟲哥哥好奇的問。

緯綸聳聳肩，「我不知道，但是我爸爸應該很喜歡。」

「那麼，他自己為什麼沒來爬山？」

「他要上班，他沒有空。」

「那你有沒有想過，你可以不走古道，改走其他路？」

他回家想了又想，想到頭都痛了，還是想不出來他為什麼要改變爸爸的意思，換一條路去走？

但是，他卻很喜歡遇見昆蟲哥哥，跟他聊天。每次分手，昆蟲哥哥都會丟一個問題給他，讓

他反覆思索。例如──

「古道有三條路，為什麼你只走一條？」

「爸爸要你當醫生，媽媽要你當律師，那你自己想做什麼？」

「照著爸媽的意思去做，你適合嗎？你快樂嗎？」

當他跟昆蟲哥哥說，「你說話很有意思，我喜歡聽你說話。」

昆蟲哥哥義正辭嚴的告訴他，「你不是要聽我說話，也不是聽你爸爸媽媽說話，你要聽你心裡的聲音。」

「可是，爸媽對我這麼好，不聽他們的，他們會傷心，這樣會不會對不起爸媽？」

「那麼，如果有一天爸媽離開你了，誰幫你安排這一切？」

「我媽說的，她會照顧我一輩子。我爸也說，聽他的準沒錯，他們公司裡幾百個員工都聽他的，賺了很多錢。」

雖然如此，昆蟲哥哥還是不斷拋問題給緯綸，讓他想出一個不同的答案。例如他每天放學都會到補習班報到，昆蟲哥哥就會問他，「你為什麼要補習？」

當他回答「同學都補習，我爸叫我補習。」昆蟲哥哥就繼續問，「那你自己呢？你想補習嗎？你需要補習嗎？你不是說，你經常都考前幾名。」

「可是，我媽說的，反正我回家，家裡也沒有人，還不如去補習班寫功課。」緯綸依舊聳聳肩。

「你看，大自然的一切多麼奇妙，即使是小小昆蟲，都長得不一樣，天牛、瓢蟲、蝴蝶、甲蟲，我最喜歡研究的是蝸牛了，他每天吃的食物不同，

糞便也就會不同，是不是很奇妙？昆蟲專家李淳陽博士是我的偶像，他一生默默的研究昆蟲，記錄昆蟲的本能、智能、情感，並且拍攝影片，因為這是他的興趣、他的夢想，所以他雖然孤單，卻做得很開心。」

「那他可以賺很多錢嗎？」

「賺大錢那麼重要嗎？這是你的想法，還是別人的想法？」昆蟲哥哥挑戰他的思維。

有一天，緯綸跟同學相約看電影，同學爽約，電影院也剛好客滿，緯綸不曉得要繼續等同學、看下一場或是回家……事情沒有按照計畫走，他

只好打電話給爸媽，偏偏他們都沒有接手機，家裡也沒有人，他該怎麼是好？

　　若是平常，他一定慌亂不已，可是此刻，他突然想起昆蟲哥哥說的話，

「只要做一點小小的改變，試試看，會有什麼情況發生？」心中閃過一點點竊喜，好像他終於有機會自己做決定了。

　　他獨自站在櫃檯前，看著螢幕閃過的電影介紹，和場次時間，發現另一部電影的放映時間恰恰

好，因為賣座不佳，空位很多，於是他買票進場。

這部電影跟做夢有關，不斷有人在夢境裡告訴男主角要拋棄過去，抓住現在，可是男主角就是沒辦法忘記死去的妻子。另一個男配角則處處討好爸爸，可是爸爸卻不喜歡他，他認為自己很笨，所以沒有人愛他，後來才發現，其實爸爸很愛他。

好奇怪的電影，為什麼男主角不能想念太太呢？男配角那麼在乎有沒有人愛他？

回到家，媽媽罵他看什麼怪電影，她的理由是「我討厭那個男主角。」

爸爸也說，「電影客滿你可以回家看電視，為什麼要看我沒有核准的電影？」

緯綸卻覺得，這部電影還不錯，引發他很多想法，他竟然有自己的想法了，他嚇了一跳。

什麼是夢想？他似乎有一點明白。

但是，爸媽卻受不了了，怪他不再被操控，生氣他不吃他們點的披薩，他想要擁有自己的朋友。

「反了反了，你背叛媽媽了。」媽媽流著眼淚，企圖用溫情攻勢挽回他。

爸爸則氣呼呼的說，「你這個叛逆的小孩，我不要養你了。」

不要養他！那他是小狗嗎？小狗還可以選擇留在家裡或是做流浪狗？

接下來的周末早晨，他換了一條古道，看到不同的花草樹木，遇見另一位攝影哥哥，專注的拍攝樹葉……他坐在石頭上，一陣風吹過，他嗅到竹子的香味，眼淚不知不覺流了下來……

今天天晴

你的夢想，別人撼動不了

　　什麼是夢想？什麼是志願？那是你心甘情願、樂在其中去走的一條路。

　　以前，我們的志願是當總統、老師、飛行員、醫生、科學家。現在不一樣了，可以當魔術師、麵包師，或是冰店老闆，這才叫作行行出狀元。

爸媽有自己的夢想，如果沒有實現，他們應該自己繼續追尋，而不是逼迫你實現他們的夢想。因為你還年幼，爸媽給你的意見，你可以當作參考，而不是照單全收。你不妨找出自己的興趣、專長，朝這個目標努力。這樣，即使失敗受挫，你也能學習自己負責，然後，重新站起來，再試一次、兩次……

我家有個魔術師

媽媽今天到三個家庭做清潔工作，回到家的時候，語萱剛剛才洗好米，準備煮飯。爸爸靠在沙發上看電視，媽媽不像電視劇裡演的，看到爸爸偷懶就發脾氣，媽媽走近爸爸身邊，輕聲問他，「怎麼了？是不是又不舒服了？」

爸爸坐直身子，笑了笑，「我還好啦！老婆，辛苦你了。」

爸爸的身體不好，只要稍微累一點，就會氣喘，甚至一個晚上都無法睡覺，所以媽媽只好取代爸爸的角色，多做幾份工作。

媽媽興奮的說，「爸爸，你知道嗎？今天廖太

太跟我說，母親節在活動中心要舉辦一場跳蚤市場義賣會，我們又有機會買到物美價廉的東西了。」

語萱一聽，比媽媽更興奮，衝出廚房，「媽媽，那我這一次可以買夏天的衣服嗎？我的牛仔褲變短、T恤都變小了。」

「當然可以，」媽媽立刻點頭，「我們要好好計畫，看看買些什麼？」

去年在社區公園的二手市場，全家人的冬裝，只花了一千多元就全部買齊了，語萱穿去學校，同學還以為她買了新衣服。

坐她隔壁的琪琪知道語萱穿的是二手衣，張大嘴巴說，「啊？你不怕這是死人穿過的衣服？」

語萱頗不以為然，「洗乾淨就好了，有什麼關係？況且，我們在公車上、在捷運上坐的椅子，你怎麼知道是不是死人坐過的？還有醫院裡的床，有

很多都是死人睡過的。我們讀的歷史書，是死人寫的，音樂課唱的歌，很多都是死人寫的，那你就不要讀不要唱了嗎？」

琪琪不想跟語萱爭辯，只好說，「反正我家有錢，我媽媽會買新衣服給我穿，打死我也不穿二手衣服。」

語萱定睛望著琪琪的粉紅色上衣，繡著兩隻五彩繽紛的蝴蝶，是今年流行的款式，非常漂亮，她的心裡免不了興起小小的羨慕。

每次有這個念頭的時候，她就會問自己，「我為什麼要穿新衣服？我會變得比較漂亮、比較聰明，還是，想要吸引別人的注意？」

她本來就很可愛了，班上男生常常跟她說，「語萱，你長得很像韓國明星×××……」甚至還有別班男生寫信給她。所以，她不需要靠新衣服為

自己加分。

　　況且，她的成績雖然中等，可是，她的歌聲很甜美，音樂老師特別挑選她參加合唱團，她每次練習都很開心。前幾天，老師就說，「你們這次比賽如果得了第一名，就可以出國訪問我們的姊妹學校。」

　　她當時還煩惱家裡沒有錢，出國對她來說是天方夜譚，媽媽卻告訴她，「你不用擔心，附近大樓剛蓋好，不少人搬新家，你跟姊姊利用假日幫媽媽一起打掃，每一次就可以賺好千塊錢。只要多接幾家的清潔工作，你就可以有錢出國了。」

　　所以，語萱知道自己家裡雖然不富有，她有一位會變魔術的媽媽，不管他們遇到什麼困難，媽媽總是會想辦法解決。

　　跟媽媽一起久了，語萱也懂得怎麼過儉樸的

生活，例如同學到電影院看電影，她看電視的電影台。同學逛街買東西，她卻到超級市場逛，免費試吃、吹冷氣、欣賞外國產品，隨身帶電子字典查英文生字，而電子字典也是二手市場花五十元買來的。

當語蓁、語萱做完功課，全家一起擬定戰略，如何在母親節的義賣會搶購物美價廉的物品，門鈴響了起來，竟然是琪琪。

每天都穿得很漂亮的琪琪，頭髮亂亂的，衣服也是縐縐的，眼睛有些紅腫，看起來好像哭過。

原來是琪琪的媽媽欠下許多卡債，還不出錢來，又怕她爸爸知道會生氣，所以留了一封信離家出走，她爸爸為了找媽媽，丟下琪琪一個人在家，「我已經

一天沒有吃飯了。」琪琪很不好意思的說。

「沒關係，如果你爸媽暫時沒有回來，你可以住我家。我先去問我媽媽，她一定會答應的。」語萱拉著琪琪的手，走進屋裡。

琪琪好奇的東張西望，語萱家的電視機很小，客廳也很擁擠，可是，卻收拾得很乾淨，而且，他們家充滿笑聲。

語萱跟媽媽簡單說明琪琪的困境，媽媽熱情的招呼琪琪，「只要你不嫌棄我們家，你願意住多久都可以。」

母親節到了，琪琪的爸爸媽媽還是沒有回家，她只好跟著語萱一家逛跳蚤市場。半路上，語萱跟她解釋，「因為義賣的物品很多，必須眼明手快，才能搶到好東西。所以，我們會事先分工，到各自負責的攤位挑選物品，你要不要幫忙我挑衣服？很

好玩的。」

　　琪琪搖搖頭，「我在涼亭這邊等你們。」

　　琪琪站在樹蔭下，望著會場裡穿梭的人群，不管是小家電、食品、皮包皮鞋、衛浴用品，還是衣服、書籍，每個攤位都擠滿了人，為什麼這些人都不嫌舊東西骯髒？為什麼語萱一家買得那麼開心？她很想知道原因。

　　她拉拉自己身上的衣服，是語萱借給她的，買自某一個二手市場，可能有好幾個人穿過，可是，洗得很乾淨，也很香，穿在她身上，一點不輸給她以前的衣服。若不是語萱一家這麼大方收容她，她不曉得要流浪到哪兒去？她似乎有些明白，雖然語萱家沒有很多錢，卻有很多愛。

　　她慢慢走過去，靠近語萱說，「我跟你一起挑衣服，好嗎？」

今天天晴

化腐朽為神奇的魔術師，你家也有

　　看到別人家的父母慈祥和藹、民主開明，或是常常旅行、住豪宅、吃大餐，你就羨慕了嗎？即使家中並不富裕，爸媽卻愛你，用智慧處理家事，雖不能像魔術師變出鴿子、鈔票，但是他們可以化腐朽為神奇，讓青菜蘿蔔比山珍海味更可口。

　　你家的魔術師是誰？他可以在你悲傷時，帶給你歡笑，他可以在你意志消沉時給你鼓勵，他可以在你快要繳不出學費時，依然不失去信心。好比灰姑娘的南瓜馬車，給你希望，也給你驚喜。

看到舞台就發抖

　　高展翅的名字，就是展翅高飛的意思，這代表爸爸對他的期許。

　　可是，他卻只想躲在角落裡，不要飛，也不要發亮，不希望被任何人注意到。

　　所以，他最害怕的就是站在高處，只要比一般人的高度高的地方，他一概拒絕。

　　爸媽為了幫助他，訓練他的膽子，在家裡經常叫他站在小椅子上，鼓勵他練習對著爸媽說話。上下樓梯時，只要他站在比較高的台階上，就故意找他說話，讓他習慣上對下的角度。

　　爸媽甚至帶他出入公共場所，到高樓參觀，搭

乘雲霄飛車，聽演唱會時，把他推上台獻花，看球賽時，鼓勵他跟明星握手。

可是，他的情況非但沒有好轉，卻變本加厲，只要聽到爸媽將要外出，他就把自己反鎖在房間裡，哪裡都不肯去。

媽媽無奈得拍打他的房門說，「你一個大男生，膽子這麼小，將來怎麼會有出息？」

「我不要做男生，我不要有出息。」換來的卻是高展翅更激烈的哭聲。

爸媽卻未放棄努力。當某位曾經害怕舞台的演說家舉辦演講時，爸爸連哄帶騙外加獎勵的帶高展翅到場聽講，希望改善他的「舞台恐懼症」。

全場爆滿，座無虛席，許多盼望孩子成為未來領袖的父母都帶著孩子參加。演說家說，「我以前很怕上台，沒想到卻被同學推舉參加演講比賽，因

為太過緊張害怕，每次上台就腦袋空白，忘了演講稿內容。為了雪恥，放學後，我悄悄到禮堂練習，大概練了一百遍，練到滾瓜爛熟，連夢裡都會背誦了。終於，我在比賽時，完整背誦完演講稿，雖然沒有名次，我卻克服了恐懼。後來，一次比一次好，到現在可以到處演講、主持節目。所以，害怕舞台，就不要逃避舞台。」

散場後，爸爸跟他說，「展翅，你看，他現在這麼有成就，也是經歷過害怕舞台的黑暗期，所以你要鼓起勇氣克服這個毛病。」

聽起來好像很簡單，可是，高展翅只要想像自己站在舞台上，下面幾百雙眼睛，彷彿黑暗森林裡的野獸，隨時想要衝上來撕扯他、吞噬他，他還是怕得不得了。

他無法解釋這種來自心底的恐懼，所以，只要

有機會，能躲就躲。

　　大樓、高山上，他可以避免，但是，學校裡卻逃不掉。尤其是這學期的國文課，來了一位作風新潮的國文老師，每次上課，他會叫大家念一段課文，而且為了訓練大家的膽量及台風，老師還規定大家要站到台上念課文。

　　高展翅只能祈禱老師體諒他膽小，放他一馬，所以，每次念課文時，他就躲在同學後面，縮起身體，不讓老師看到他。可是，沒想到，想要朗讀的同學一直舉手，老師卻不叫他們，偏偏點到高展翅，好像故意跟他過不去。

　　他真討厭老師，可是，他又不敢反抗老師，或是像那些無聊的同學拿手機拍老師，只好勉強站起來。他的腿好像遇熱的兩根冰棒，都快融化掉了。拿起課本，雙手直抖，課本上的字一個也看不清

楚，老師卻毫無同情心的叫他走到台前，「這樣才能訓練你們的膽量。」

他快要哭出來，突然覺得尿急，半舉起手來說，「老師，我要我要⋯⋯上廁所。」

台下的同學哄堂大笑，高展翅更加羞窘，每道眼光像飛鏢般「刷刷刷」射向他，他真希望這時候地震，地面裂個大縫，他就可以躲進去。

老師卻不放棄努力，走到高展翅面前，鼓勵他、引領他，經過同學座位，慢慢走上台，「老師相信你做得到的。」

他硬著頭皮站上講台，誰也不敢看，課本放得低低的，頭垂得更低，全身僵硬的小聲念，一個字一句話⋯⋯不曉得過了幾世紀，真是煎熬，好像媽媽熬牛肉湯，要熬好久才能喝。

一念完，他用跑的衝下台，身體撞到桌角，顧

不得疼痛，回到座位，臉紅心狂跳，趴在桌上不敢看人。他以為老師會大大批評他，沒想到，卻聽到老師說，「高展翅同學的聲音很好聽，很舒服，好像大提琴。」

他好意外，不停的喘大氣。

可是，他擔心這樣的夢魘會繼續下去，回家即刻跟媽媽說，他要換老師，從小一到小六，他已經換了六個老師，媽媽都是有求必應。

這一回，媽媽不理他，說她生病不舒服，不想活了。大概爸爸又是應酬夜歸，媽媽心情不好。

他只好乖乖上學，上國文課時，從頭到尾不敢看老師，老師卻要他們分組，把課文上的故事演出來，他分配到的只有一句台詞，「大家安靜！」應該很好混過去。

表演故事時，他覺得自己兩片嘴脣快要黏在一

塊兒，說得很小聲，但是老師依然讚美他，同學卻不以為然，「老師，我們根本聽不到他說什麼。」

老師阻止大家，建議他再練習一次，要讓最後一排的人都聽到他的聲音，好像失火了，要喊「救命」一般，喊得太小聲，別人無法發現他的存在，就可能被火燒死掉。

有的同學嘲笑、有的同學不屑，可是，還是有同學挺他，「大家安靜，讓高展翅練習。」

大家安靜，大家安靜，大家安靜……突然，他望著窗外的大樹的樹葉，在一陣風吹過之後，一片片安靜下來，他不要再逃避了，笑就讓大家笑，反正說不說都會被笑，他很用力的放聲大喊，「大家安靜！」

惡夢並沒有結束，高展翅參加科展得獎，這是學校莫大的光榮，校長希望他上台說幾句話，分享

得獎心情。

　　他找了各種藉口想要推掉，老師卻好高興，鼓勵他，說他可以帶稿子上台照著念。

　　剎那間，他也覺得自己一定做得到，就像老師說的，只要認為自己可以就可以。於是，他躲在房間裡，寫了幾句簡單的感言，自我練習，想要克服對舞台的恐懼。

　　他站在床上，緊閉雙眼，深呼吸，房間沒有別人，他一定可以說出口，但是他依然害怕不已，望著牆壁、窗戶、書架、掛鐘……渾身顫抖，頹然倒在床上，眼淚忍不住流下來。

　　擦乾眼淚，他強迫自己，再度硬起頭皮，站在床上，還是不行，他不停的啜泣……成績好有什麼用，他卻不敢說話。他只要敢上台講話，願意跟別人交換好成績，有誰願意跟他交換呢？

　　周六時，原本要登台的颱風轉向了，天氣放晴，爸媽放心的出外辦事，高展翅獨自在家。萬萬沒想到，無預警的大雨傾盆，一盆又一盆，好像天上破洞，連續幾小時沒有停歇，轉眼間，他家門前的騎樓淹水，水勢湍急，很快的淹進一樓裡。

　　高展翅想要逃出去，卻發現大門被反鎖了，他緊張得找不到鑰匙，只好連忙爬到窗台上，想要呼救，卻叫不出來，愈緊張，喉嚨愈緊。

　　他曾經問過國文老師，「為什麼要上台？為什麼要大聲說話？」

　　老師告訴他，「上台說話，大家才知道你想要表達的。大聲說話，大家才能聽到你的需要。」

　　他萬萬沒想到，這時候他必須大聲說話，否則他只有等著溺水死掉，沒有人會注意到他的存在。

　　他記得老師教過他們，在台上說話時，把每個

人當成一棵樹，樹葉恍動代表掌聲……。於是，他
練習著跟水面上漂浮的椅
子、掃把、木片、
樹枝……說話，
不斷的說
話。

不知道過了多久，他終於看到救生艇過來，他放聲大喊「救命」，而

且，他竟然可以跟救生員對話，說他為什麼被淹，說他爸媽不在家，說他家的大門被反鎖，說他的心裡好害怕……不停的說，好像他累積許多年的話語，全部傾囊而出。

水退之後，他勇敢的上台分享科展得獎的心情，他念著稿子，「淹水時，有人伸出援手救了我，好像有愛心的國文老師，幫助我建立自信、克服恐懼，也像同學合作研究科展的萬能椅子。只要大家願意付出，我相信，任何困難都可以克服。」

今天天晴

多練習，就能克服舞台恐懼

演講幾百場的我，跑遍國小國中大學，甚至出國演講，別人看到我站在台上，口若懸河，談笑風生，以為我天生就是個演說家。其實，說真話，我到現在還是不喜歡上台，但至少我不怕上台了。

那是一場慘痛的經歷，小一時，被派參加演講比賽，卻把講稿忘得一乾二淨，從此，我打死也不上台。直到我罹患癌症，希望可以鼓勵別人，我終於再度站上台，而累積成無數的經驗。

舞台的確可怕，你要面對許多雙眼睛，或是一堆無聊的批評。可是，如果你希望練出膽量，那就設定目標，練了又練、練了再練，什麼叫作鐵杵磨成繡花針，就是這個道理。你害怕面對的其他事情，也可以這樣練習，不怕失敗，讓失敗經驗鋪成你成功的墊腳石。

我家好像殺戮戰場

周末的晚上，因為爸媽都不在家，家裡難得安靜，小康有些不習慣，只好打開電視，看看有什麼吸引她的電影可以打發時間。

好萊塢話題夫妻的臉龐突然出現眼前，場景在一個美麗洋房的廚房、餐廳、客廳，卻不是浪漫的愛情電影，他們兩個竟然全身披掛槍彈，展開激戰，彼此對殺。

不曉得是編劇太爛，或是劇情需要，還是戲裡的主角功夫太棒，他們兩個在你來我往的槍林彈雨之中，竟然毫髮無傷。

看了一會兒，小康才弄懂這是《史密斯任務》

的情節，這對銀色夫妻飾演兩家殺手公司各自聘請的殺手，卻陰錯陽差愛上對方，結為夫妻。但是他們的公司不放心他們，於是派他們殺掉對方。彼此相愛的史密斯先生夫婦，只好施展渾身解數，欲置對方於死地。

多麼熟悉的情節啊！明明是一部有點無聊的打鬥片，小康卻流下眼淚，好像正在彼此對砍的人是她的爸媽。

就在昨天晚上吧！人人嚮往的周五夜，全家可以圍桌共享晚餐，可是媽媽卻累得癱在沙發上，說她好像染上了新流感。下班進門的爸爸，很不客氣的問媽媽，「為什麼我還沒有聞到菜香？」

「每個星期五都會塞車，你知不知道？我又不是便利商店，24小時營業，全年無休。要吃飯，你自己去燒，我很累。」

　　「女人不燒飯，哪像個女人？像你這種老婆，娶了你真是倒了幾輩子的楣。」爸爸把西裝外套用力甩在沙發上，走過去想要把媽媽拉起來。

　　媽媽也不是省油的燈，立刻還擊，啪得甩掉爸爸的手，「我嫁給你才是鮮花插在牛糞上，要人才沒人才，要錢財只有被套牢的一堆股票、基金，你最好是死在外面不要回來。」

　　「你你你……」爸爸氣得搗住胸口，「你簡直就跟我媽氣死我爸一樣，現在你也想要把我活活氣死才甘心，是不是？」

　　爸爸隨手抓起腳上的拖鞋扔了過去，媽媽閃了開來，結果拖鞋砸到沙發旁邊茶几上的花瓶，花瓶應聲掉落地上。爸爸氣呼呼出去巷口吃魯肉飯，媽媽則用剩菜煮麵，小康只好邊哭邊收拾地上的花瓶碎片，她的心，好像已成了地上的碎片。

　　她真想問爸媽，他們把她當作什麼？牆上的掛鐘、牆角的垃圾桶，還是門口的擦鞋墊？從不在乎她的感受，日復一日的爭吵、打鬧，甚至曾經嚴重到拿水果刀當飛鏢互射。

　　這樣一對比仇人更仇人的人，當初為什麼會結婚的？

　　媽媽說，「你爸那時候很溫柔，常常買玫瑰、巧克力送我，從來沒有對我大聲說話，我怎麼知道他是一匹披了羊皮的狼，嚇死人了。」

　　爸爸則說，「負責介紹我跟你媽認識的同學說，你媽媽在班上的人緣非常好，好多人追她都追不到，娶到她，是我的福氣。誰知道，她竟然是一頭刺蝟，把我刺得渾身是傷。」

　　其實，小康知道，真正的原因是爸媽交往的時間太短，因為祖父突然心臟病發過世，爸爸必須

在百日內結婚，所以，媽媽匆匆答應跟認識不到半年的爸爸結婚，不到一年生下小康。在媽媽的記憶裡，他們是從蜜月就開始吵架。

「你知道你爸爸多過分嗎？追我的時候，幫我還卡債，蜜月的時候，卻說要各付各的，不然他就不去蜜月旅行。這種小氣鬼，我當然跟他大吵一架。」媽媽說得理直氣壯。

但是爸爸也有他的道理，「結婚以前談戀愛，為了討你媽歡心，當然要甜甜蜜蜜，百依百順。結婚以後變成一家人，就應該節儉過日子。像你媽這樣，金山銀山都會被她花光。」

他們這樣斤斤計較，小康很懷疑，爸媽彼此之間真的有愛嗎？還是他們心中有太多怒火，無處發洩，只好找一個人成為每天的出氣筒。

她記得在《聖經》上看過一句話，「吃素菜，

彼此相愛，勝過吃肥牛，卻彼此相恨。」可是，他們家既沒有肥牛吃，也沒有愛，不知道還有誰比她更淒慘？

隨著電影劇情發展，小康頗覺意外，因為原來拚命想殺死對方的殺手夫妻，卻遇到另一批殺手，激起了他們團結的心，又不想過著一輩子逃亡的生活，最後決定聯手對抗殺手公司，為自己爭取生存權。

只要爸媽願意面對自己的問題，他們的家還是有希望的？是這樣嗎？

小康曾經偷偷問過祖母，她會不會想念祖父？

祖母的眼眶意外的含著淚，「我跟你祖父吵了一輩子，最後他還是被我氣死的。可是，說實在的，有時候我挺想念他的。如果有機會重來，我不希望這樣吵吵鬧鬧。」

「那你為什麼不勸爸爸，不要跟媽媽吵架？」

「他們不一樣，你媽根本就是想要我們家的錢，她一點不愛你爸爸。」這是祖母的結論。可是，據小康的觀察，媽媽很疼她，常常買漂亮衣服給她，會不會爸爸也被祖母洗腦了？

電影快要演完時，爸爸回來了，特地買了鹽水雞，「小康，還沒吃飯吧！我買了你喜歡吃的雞胸，還有好幾個小雞蛋，去拿碗筷吧！」

「好啊！」小康見到爸爸興致高，她也覺得很開心，一蹦一跳的到廚房，爸爸在身後問她，「你媽呢？」

「她好像是去一個保險客戶家。」

「不管她了，我們吃我們的。你剛剛在看什麼電影，繼續看啊！」

「已經演完了。」電視螢幕上正好列出「謝謝

觀賞」四個字。沒想到，她家的好戲正要上演。

　　晚歸的媽媽也還沒吃飯，見到他們父女倆吃得津津有味，怒火中燒，「喔！趁我不在家，偷吃好吃的東西。」

　　小康想幫爸爸說話，「媽媽，不是這樣，爸爸說要等你，是我太餓了才先吃的。」

　　「小康，幹麼騙人。誰要你媽成天在外面亂跑，快吃，不要管她。」爸爸興致高昂的啃雞腳，媽媽二話不說的把桌上的熱水瓶扔了過來，小康下意識衝上前擋在爸爸前面，熱水瓶撞在小康胸口，接著摔在地上，瓶裡的熱開水濺到小康手上、腿上，她痛得哭了起來。

　　爸媽同時衝到小康面前，手腳慌亂的不知道怎麼辦？

　　媽媽喃喃自語，「脫泡沖蓋、泡脫沖蓋、沖脫

泡泡……，燙傷到底要怎麼急救。」

爸爸忙說，「沖脫泡蓋送！你先幫小康沖冷水，我打119叫救護車！」

「不要，不要救我，我不要去醫院。」小康坐在地上一動也不動。「像你們這樣子天天吵架，做你們

的小孩好痛苦，比我現在這樣燙傷還痛苦。」

　　撥完119電話的爸爸低著頭，媽媽端了一盆冷水，僵在浴室門口，小康低聲說，「求求你們不要吵架了，求求你們。」就昏了過去。

　　幸好搶救得宜，只在小康的手臂及腿上留下幾塊面積不大的的傷痕。爸媽接她出院時，媽媽幫她梳著頭髮，「小康，媽媽會多賺一些錢，幫你把這些疤痕除去。女孩子，手腳上有這些疤總是不好看。」

　　「是啊！是啊！可以做雷射、冷凍手術……」爸爸附和著，第一次沒有反駁媽媽的意見。

　　小康抬起頭，對爸爸說，「這些都不重要，只要你們不再吵架，我這一點疤痕不算什麼。」因為小康知道，心頭的傷疤才是最難癒合的。

今天天晴

不要捲入爸媽的暴風圈之中

　　打開報紙、電視，充滿打架鬧事的新聞，大街上男女朋友打架，民意代表一言不合大打出手，喝醉酒的人打計程車司機、夫妻感情破裂也打破了腦袋⋯⋯真是嚇死人了，好像我們住在「打架國」、「火氣國」。

　　父母吵架，那是大人的事情，你不需要加入

戰火，自己認真讀書，管好自己，總有一天他們吵累了，就會收手不打了。萬一還是繼續打鬧，你不要陷溺其中，而要更加努力，為自己爭得一片亮麗天空。

　　這個世界能夠繼續往前運轉，那是因為常常存在著信心、希望和愛，其中最大的是愛。只要有愛，很多難題都可以迎刃而解。

國家圖書館出版品預行編目資料

天空不再掉眼淚／溫小平作；蔡嘉驊繪圖. -- 初版.
　　-- 台北市：幼獅，2012.11
　　　　面；　　公分. -- （多寶槅.文藝抽屜；197）
　　　ISBN 978-957-574-884-5（平裝）

859.6　　　　　　　　　　　　　　　101019408

・多寶槅197・文藝抽屜

天空不再掉眼淚

作　　　者＝溫小平
繪　　　圖＝蔡嘉驊
出 版 者＝幼獅文化事業股份有限公司
發 行 人＝李鍾桂
總 經 理＝廖翰聲
總 編 輯＝劉淑華
主　　　編＝林泊瑜
編　　　輯＝周雅娣
美術編輯＝吳巧韻
總 公 司＝10045台北市重慶南路1段66-1號3樓
電　　　話＝(02)2311-2832
傳　　　真＝(02)2311-5368
郵政劃撥＝00033368

門市

・松江展示中心：10422台北市松江路219號
　電話：(02)2502-5858轉734　傳真：(02)2503-6601
・苗栗育達店：36143苗栗縣造橋鄉談文村學府路168號（育達商業科技大學內）
　電話：(037)652-191　傳真：(037)652-251

印　　　刷＝崇寶彩藝印刷股份有限公司　　　幼獅樂讀網
定　　　價＝250元　　　　　　　　　　　　http://www.youth.com.tw
港　　　幣＝83元　　　　　　　　　　　　e-mail:customer@youth.com.tw
初　　　版＝2012.11
書　　　號＝987204

行政院新聞局核准登記證局版台業字第0143號
有著作權・侵害必究(若有缺頁或破損，請寄回更換)
欲利用本書內容者，請洽幼獅公司圖書組(02)2314-6001#236

幼獅文化公司 ／讀者服務卡／

感謝您購買幼獅公司出版的好書！
為提升服務品質與出版更優質的圖書，敬請撥冗填寫後（免貼郵票）擲寄本公司，或傳真（傳真電話02-23115368），我們將參考您的意見、分享您的觀點，出版更多的好書。**並不定期提供您相關書訊、活動、特惠專案等。謝謝！**

基本資料

姓名：..先生／□小姐

婚姻狀況：□已婚 □未婚 　職業： □學生 □公教 □上班族 □家管 □其他

出生：民國................年................月................日

電話：（公）................（宅）................（手機）................

e-mail：................

聯絡地址：................

1.您所購買的書名：**天空不再掉眼淚**

2.您通常以何種方式購書?：□1.書店買書 □2.網路購書 □3.傳真訂購 □4.郵局劃撥
　（可複選）　　□5.幼獅門市 □6.團體訂購 □7.其他

3.您是否曾買過幼獅其他出版品：□是，□1.圖書 □2.幼獅文藝 □3.幼獅少年
　　　　　　　　　　　　　　　□否

4.您從何處得知本書訊息：□1.師長介紹 □2.朋友介紹 □3.幼獅少年雜誌
　（可複選）　　□4.幼獅文藝雜誌 □5.報章雜誌書評介紹................報
　　　　　　　　□6.DM傳單、海報 □7.書店 □8.廣播(................)
　　　　　　　　□9.電子報、edm □10.其他................

5.您喜歡本書的原因：□1.作者 □2.書名 □3.內容 □4.封面設計 □5.其他

6.您不喜歡本書的原因：□1.作者 □2.書名 □3.內容 □4.封面設計 □5.其他

7.您希望得知的出版訊息：□1.青少年讀物 □2.兒童讀物 □3.親子叢書
　　　　　　　　　　　　□4.教師充電系列 □5.其他

8.您覺得本書的價格：□1.偏高 □2.合理 □3.偏低

9.讀完本書後您覺得：□1.很有收穫 □2.有收穫 □3.收穫不多 □4.沒收穫

10.敬請推薦親友，共同加入我們的閱讀計畫，我們將適時寄送相關書訊，以豐富書香與心靈的空間：
(1)姓名................e-mail................電話................
(2)姓名................e-mail................電話................
(3)姓名................e-mail................電話................

11.您對本書或本公司的建議：

廣　告　回　信
台北郵局登記證
台北廣字第942號

請直接投郵　免貼郵票

10045　台北市重慶南路一段66-1號3樓

幼獅文化事業股份有限公司 收

- -

請沿虛線對折寄回

客服專線：02-23112832分機208　　傳真：02-23115368

e-mail：customer@youth.com.tw

幼獅樂讀網http：//www.youth.com.tw